潘　帅——著

后海先河

文史边缘遐思录

九州出版社

JIUZHOUPRESS

图书在版编目（CIP）数据

后海先河：文史边缘遐思录 / 潘帅著. -- 北京：
九州出版社，2022.12
ISBN 978-7-5225-1624-0

Ⅰ．①后… Ⅱ．①潘… Ⅲ．①随笔－作品集－中国－
当代 Ⅳ．①I267.1

中国国家版本馆CIP数据核字（2023）第006220号

后海先河：文史边缘遐思录

作　　者	潘帅　著	
责任编辑	周弘博　刘浩川	
出版发行	九州出版社	
地　　址	北京市西城区阜外大街甲 35 号（100037）	
发行电话	（010）68992190/3/5/6	
网　　址	www.jiuzhoupress.com	
印　　刷	北京九州迅驰传媒文化有限公司	
开　　本	880 毫米×1230 毫米　32 开	
印　　张	8.875	
字　　数	170 千字	
版　　次	2023 年 12 月第 1 版	
印　　次	2023 年 12 月第 1 次印刷	
书　　号	ISBN 978-7-5225-1624-0	
定　　价	68.00 元	

目　录

第一辑　折俎余味

第二辑 岁月不居

第三辑　风物长情

序　一

　　中国古人喜欢用饮食打比方来说事儿，特别是说读书的事儿。读到好的诗文是"含英咀华"，琢磨字词仔细推敲叫做"咬文嚼字"，读书有悟是"如饮醍醐"，不会读书就是囫囵吞枣、生吞活剥、食古不化，等等，还有把宰相主政形容为"调和鼎鼐"的。在这些比喻中，宋代李淑《邯郸书目》中的"书三味"之说，尤为古韵深致，别具一格。

　　诗书，味之太羹，史为折俎，子为醯醢，是为书三味。

这也是鲁迅所记"三味书屋"的出典，可惜大家大多并不在意它的原意。太羹，是古代祭祀时用作供品、不加佐料的肉汁，是浓缩的原味；折俎，是祭祀和宴会时放在俎案上烹饪好的大块的肉，材料实在，营养丰富；醯醢，是鱼肉做成的酱，用它可以调理出花样繁多的各色佳肴。以这三种食物来比喻阅读经、史、子部书籍所带来的不同体验和收获，细想，真是十分贴切。

本书的第一辑即为"折俎余味"，明眼人一看标题，就知道作者是一个史学爱好者。从这一辑的文章可以看到，作者是读了不少古代历史文献与当代史学著作的。他笔下的关于历史人物评论、关于暴力与暴政、关于英雄与疯子等的引述和思考，出入经史典籍，兼采正俗资料，旁及西方著作，闪烁着青年学子的睿智与灵气，喷薄出他一己独到的感悟与思考。如《循环的历史与暴力的循环》一文的最后说：

> 我们来替古人算一笔账：忍受暴政，代价是"暴政的压制"；用暴力反暴政，代价是"社会的巨大动荡 + 新的暴政"。这样算来，对当时的人来说，忍受现行暴政似乎更划算一些。但是让暴政统治人民本身又是反人类的。那么该怎么办？古人并没有在历史上给出答案。

十多年前，作者潘帅还在读历史学硕士时，我是他的指导教师，目睹了他读研三年中对于读书如饥似渴、狼吞虎咽的求知欲和进取心。书籍学问开阔了他的心胸与视野，增强了他思维与识断的能力。书中一些篇章记录的正是那个时候阅读带给他的广博与快乐，深思与惆怅。后来，他做一个微信个人公众号，取名"潘断"，喻示要在文史天地出入古今中说出属于自己的"判断"，我也一直关注更新和爱读他的公号文。潘帅是个念旧的人，他把读研期间以及毕业后与我的通信文字保留至今，也部分收录在这本书里。今天读来，不仅引起我个人的思绪，那些关于读书为学、关于人生的话题，相信也可让读者看到一个少年意气、"好学如好色"的广博之士和挚诚有趣之人。

空山幽谷，青灯伴读。潘帅耽读诗书、勤于思考的情操，并没有被纷扰的日常、凡俗的生活所浇灭。书中一些写于近几年的文字，少了些往日的豪情，有了低回沉吟的韵律，映照出岁月沉淀的痕迹。就像 2018 年《年少只知宋江怂，读懂招安已中年》这篇，看标题就能感到的一样。而在他写于 2022 年五一节的这篇《一个无关紧要的下午》中，一段柔软的文字，打动了我：

> 我在很多年以前也做过一个梦，梦见自己有一个女儿，长得很像苏菲·玛索，却只有七八岁的样子，有点类似法国电影《蝴蝶》(*Le Papillon*) 中的小女孩那样天真可爱。我带着她在野外采集植物标本，捕捉昆虫，教她认识各种动植物。

在潘帅身上，我常常感受到读书带给人的正能量，比如清澈诚挚、正见与责任心、理性与感性的交融，等等。同时，习惯沉浸于书山学海的饕餮盛宴，精神上或也难免染上时下流行的营养过剩所致的"三高"，类似于"曾经沧海难为水"，"拣尽寒枝不肯栖，寂寞沙洲冷"的高寒症状，想来这也正是自古以来高蹈的读书人所常有的境遇和写照了。写到这里，我不禁想，作者看到这篇小序后，是不是又会给我写来一篇长长的书信讨论了？即此打住，是为序。

钱婉约 2022 年 12 月 8 日
（钱婉约，北京语言大学教授、文学院院长）

序　二

　　我 2008 年来到中国，进入北京语言大学研究中国文化，在课堂上认识了潘帅，当时潘帅是我最熟的中国同学，我们经常在一起讨论问题，无话不谈。2011 年毕业后，我去北大继续中国文化的研究，他则回合肥工作，虽然相隔千里，但我们还经常通过网络联系，他也是唯一没跟我断过联系的中国老同学。这本书里的很多观点当年一起讨论时他就曾经提及过，可见都是他经过长期思考、逐渐模塑而成的结论。书中提到的很多故事、人物和地点，我都比较熟悉，甚至就是亲历者和见证人，这也挑起了我很多美好的回忆，因为我心里总是认为，在北语那三年，是我在中国度过的最难忘的日子。这本书也让我对这位认识已久的朋友有了进一步的了解。在阅读书稿时，感觉一行一行文字过眼都像一路一路漫游他的精神世界——这既是一个充满理想、好奇和乐趣的斑斓世界，但同时也是存有不少的失落、孤独和遗憾的五味人生。可能这也是每一个理想主义寻道者必然要走过的乐与苦之路。

"书是永恒的恋人"，这是我认识潘帅这么久，特别是读过他这本书后，总结出来的最直观的印象。对他来说，没有比书更重要的东西，没有什么可以替代书，即便是女朋友。在恋爱关系中，要是你和爱人在一起的时候，总是惦记前任，那说明前任是你的真爱。对潘帅来说，这个真爱就是书，所以他是失败的恋人。有人看我这么写，可能会疑问：这不就是人们总说的"书呆子"吗？我说：不是！作为书的恋人，可以说是一种伊斯兰哲学中的苏菲主义，就是相信有一种东西，有一种力量，比物质的世界更重要，更有价值，更高贵。我们在那个东西里，找到存在的意义、生活的理由和精神源泉，会给我们足够的力量和信念逆风行走。这种生命中最本源的力量，对潘帅来说就是书，或者说是对知识的渴望，当饥渴的好奇心遇到书里无穷无尽的知识，那就会产生一种温暖、甜蜜的恋爱般的感觉，如古代阿拉伯哲学家、诗人沙斐伊的诗歌中所说：

通宵达旦校勘古籍，
比男欢女爱更惬意。
攻坚之后兴奋摇摆，
比开怀畅饮更欢喜。
笔在纸上沙沙作响，
动听胜过情歌恋曲。

要是你心里因为某种精神追求而充盈着爱、快乐、幸福这些至高至纯的感觉，你还会因为没有房、车、存款、女朋友等外在之物而难过吗？别人可能觉得这种说法过于出世，显得奇怪，但说到底，我们人生的最终目的是什么，不就是内心的幸福吗？因此潘帅是个幸福之人，只是他的幸福来源跟大多数人不一样。当年在学校一起读书时，印象中没有哪一次看见潘帅难过或忧虑，当时大家会为毕业后工作、结婚等俗事操心，而潘帅则满脑子都是书，一开口就讲谈学术、论辩思想，纯粹而快乐，如《论语》中"人不堪其忧，回也不改其乐"的颜回。我很少看到他穿新衣服，他甚至很少梳头发或跟女孩子出去玩，但我总是看到他手里拿着新出的书。他很喜欢北京，我觉得他喜欢的原因是北京有很多图书馆，具备读书的好环境。记得他回合肥后，他最不满意的是在合肥找不到他喜欢的书。不过，后来网购越来越方便，他的书架也就日渐大了，这样家里就有了他自建的知识小天堂。

如果说，书籍是潘帅的恋人，那么思考是阅读给他孕育的"孩子"。读书让他具有了深度，养成了独立思考的好习惯。虽然本书中的思想内容占的篇幅不大，但作者在前面几篇提出的想法富有明锐和精彩的思考精神，特别引起我共鸣和反思的有两个主题：一个是"人与暴力"，另一个是"疯子与英雄精神"。

从书中文章写作的时间线索可以看出阿拉伯之春的爆发及所带来的疯狂战争，促使了作者去思考"暴力"问题。这个问题也是我本人一直很关注的，我了解过当时包括中国学者在内的世界主流学术界对中东的"无尽战争"的各种讨论，大多数学者，把宗教、文化、民族和政治作为框架来分析和理解中东那种复杂的局面。与此不同，潘帅从另外一个角度看到了暴力的底色，即"人"的角度。他把这个现象归回根源去思考和剖析，即人的"本能性"。邪恶能以各种方式体现，而战争、宗教、政治、经济等现象只是表面，最根本的来源则是同样的——人。我们所看到的暴力，是人内心"邪恶"的体现，暴力作为行为，只是一种内在邪恶的外在表达而已，宗教、文化、民族和政治等也只是暴力的载体，根源就在人内心里沉睡的恶魔。这个"恶魔"在欲望和诱惑的刺激下，随时都能发作，催生出无数暴力的行为。这些欲望和诱惑可以是权力，可以是资源，可以是对外扩张的霸权思想，也可以是非理性的狂热精神，等等，而这些因素的交互作用，一直以来都是决定历史走向的暗中力量。从这个角度看历史，历史就是人本能的体现。作者从历史与哲学角度结合起来讨论"暴力"确实给了我很大启发。

另一个给了我启发的想法，是作者提出的"疯子精神"，这本身也是一个很疯狂的想法，但这一观点的独特和可贵之处在于能打破外国人甚至很多中国人对中国历史的认知，给我们提供一个新鲜、非传统的角度来思考中国。外国学者习惯了在传统思想、法律规矩、风俗习惯和意识形态这么一些刻板框架内来观察中国。好像中国人和华夏文明是一个五千年没有变化的凝固的研究客体，即便现在中国是世界第二大经济体，即便是已经现代化了的中国，那么多外国人还是没有看清楚生动丰富、灵活多元的中国形象。就中国现代史而言，要是没有"疯子精神"，要是没有面对亡国灭种深重危机"知其不可为而为之"的勇气以及"须把乾坤力挽回"的自信心，就不会有今天的中国。毛泽东的生涯和中国革命本身也是奇迹性的，中共从最早的组织成立到领导全国革命，从执政到改革开放的历程中也是一个奇迹接另一个奇迹的发生。中国从一个贫困的国家在几十年间成为世界第二大经济体更是一个奇迹。我在中国十几年看到了十几亿的中国人如何逆转自己的命运，这种震撼和惊奇是前所未有的。中国人现在还在中华民族伟大复兴的道路上拼命往前奔跑，但有一天大家会冷静地回头看所取得的成就，可能突然有点不敢相信已经做到了这些。我们老外，从外面看也觉得有点不可思议。没有"疯子精神"，中国人做不到这些伟大的成就。回到几十年前，任何一个理智的人都预测不到中国今天的发展成就，也许只有"疯子"能够相信这些会发生。对我来说，"疯子精神"，是一个天才的概念，它能够生动、形象地表达中国和中国人近一百年的传奇。

瓦利德于 2022 年 11 月 28 日

（瓦利德，突尼斯汉学家、人民网外籍专家）

第一辑 折俎余味

循环的历史与暴力的循环

　　人性中有很多本能的弱点，导致灾难和毁灭，这些弱点很明显，但是人们就是改不了。作为文明的生物，我们有理智，能用理性来克制恶的本性，但是几乎每次都是本性赢。我们总结历史经验，但还是徒劳，"人类从历史中学到的唯一的教训，就是人类没有从历史中学到任何教训"（黑格尔语）。读读历史就会发现，悲剧不断地重演。你看北宋助金灭辽，辽灭后，旋即被金人攻陷汴梁，徽、钦二帝及后宫、朝臣被俘虏，二帝死在东北苦寒之地。可是后来南宋的朝廷照样助蒙古灭金，金被灭后，旋即有蒙古伐宋，终被攻下临安，皇帝、太后以下，后宫、朝臣被俘数千人，恭帝最后被赐死于河西。宋朝人最注重历史，可是他们还是依样画葫芦地走亡国的老路。第一次世界大战，伤亡惨重，战后世界列强为了防止大战再起想出种种办法，外交官和政客们穿梭于各国间，无数次的演说，无数次的谈判，学者们深刻反思，精心设计种种和平方案，战胜国大佬们苦心孤诣地建立了种种政军同盟和条约体系以期维持长久和平。可是到头来，不到二十年，第二次世界大战烽烟又起，伤亡和破坏比一战还大很多倍。

弗洛伊德悲观地认为，我们的文明就像在做精美的瓷器，从抠土开始，一步一步把精致的陶瓷烧制成功，可是陶瓷一下子就摔碎了，然后我们再从抠土开始。这种周而复始的破坏，就像古希腊神话中西西弗斯受的惩罚一样，把巨石推到山顶，巨石因自身承重而滚下来，然后再推，再滚，永无休止。中国几千年前的《尚书》："乃偃武修文，归马于华山之阳，放牛于桃林之野，示天下弗服。"西方几千年前的《旧约》："他们要将刀打成犁头，把枪打成镰刀，这国不举刀攻击那国，他们也不再学习战事。"可是这些美好的和平场景大多只存在于乌托邦式的想象中，我们没有看到那种刀枪入库、马放南山的永久和平，反而周期性的动荡如埃及的尼罗河水一样定期泛滥，带来的不是沃土，而是人口的大量死亡，物质的毁坏以及文化的衰退，像一个永不愈合的伤口，时不时就被撕裂开，流淌尽文明的元气。这就是人性的诅咒。中国历史虽号称大一统，但据陶元珍教授统计，从秦灭六国统一天下到满族入关南明覆灭这一千八百多年间，统一时间为一千一百三十六年，分裂动荡时间为七百二十七年，如果加上秦统一前五百多年的春秋战国分裂期，则统一和分裂时间大抵相当。不但分裂期兵戈四起，生灵涂炭，就是历史上的统一也很少有不依靠暴力的，"天下大势，分久必合，合久必分"这句话的背后却是无数"白骨露于野，千里无鸡鸣"的人间惨祸。

期待永久和平是人类自古以来发自内心的期盼，那么暴力的循环又是何以可能的呢？耶稣说："不要动刀，凡是动刀的，将来一定会死于刀下的。"可是若对方手握刀锯，大家不动刀又会被寂然无声地屠杀掉。大家都在说和平，可是世界上战争不断，大家都在反暴力，世界上暴力屡见不鲜。其一，从人自身而言，暴力深植于人心。精神分析学派认为人内心有一种具有破坏性的、与生俱来的"死亡本能"，它转向外部就会表现为仇恨和攻击行为，导致杀戮和破坏。鲁迅作品中有一个意象反复出现：小孩子手作武器状对陌生人做出虚拟的击杀动作[①]（可能很多人小时候也曾有过类似的动作。孩童的本真行为，看似游戏，却暴露出人类刻在基因中的敌意和原始杀戮本性）。我小时候也经常有这样的体验：有的小孩子看到路边有一只蚱蜢或者其他小活物，即使不便脚也非要多走出好几步去踩死它；学校安排大家带着工具去劳动，总会有人不惜力气去铲断路边毫不相干的野草杂树。这些下意识的小动作，都很真切地体现了人与生俱来的攻击性和破坏性的本能。其二，从暴力的运行机制来看，它易发而难止。暴力一旦开始，就会具有"惯性"，像发怒的大象，很难立刻停下来。《旧约》里有一个故事，便雅悯基比亚城的匪徒将借宿在此地的利未人的妾强奸蹂躏致死，导致以色列各支组成联

---

① 《彷徨·长明灯》："一个赤膊孩子擎起他玩弄着的苇子，对他瞄准着，将樱唇似的小口一张，道：'吧！'"《野草·颓败线的颤动》："最小的一个（小孩）正玩着一片干芦叶，这时便向空中一挥，仿佛一柄钢刀，大声说道：'杀！'"

军向便雅悯人兴师问罪，当便雅悯军队"全军覆没，无一生还"时，战争的目的已经达到，但是暴力却并没有戛然而止，"以色列人杀得性起，又转到便雅悯地，将各城的人和牲畜，并一切所遇见的，都用刀杀尽，又放火烧了一切城邑"。本来问罪的正义之师就化为了烧杀淫掠的恶煞之群。甚至很多时候，暴力的扳机一旦扣动，就会在冤冤相报的恶性循环下，迅速自我生产，以至于很多所谓的世仇，它本来的起因都被忘记，而暴力仇杀的种子却还在滋长，世代流传。其三，从暴力实施者来看，对于暴力的解释权倾向于被滥用。暴力对象的边界本来就是很模糊的，当人们习惯于用暴力时，随意性就会增加，既不会那么细致甄别施暴的对象，也可能扭曲施行暴力的本意而夹带施暴者的"私货"。暴力可以反暴君，也可以杀良民，一旦"虎兕出于柙"，就会像一头不服管束的利维坦，甚至可以反噬施暴者自身。法国大革命时，无套裤汉可以把国王路易十六夫妇送上断头台，同时革命法庭判处死刑的人中超过七成都是被冠以"叛国""工贼"等各色罪名的工人和农民，恐怖政策的主导者罗伯斯庇尔说"对于人民的敌人除了处死以外别无选择"，而判定谁是"人民的敌人"有时也可以比较随意，英语里有一句谚语"Give a dog a bad name and hang him"，毕竟给人加一个恶名是很容易的，所谓欲加之罪，何患无辞。从历史和现实中来看，无论是对外发动战争还是对内施行恐怖，掌握实施暴力主动权的人往往也拥有解释暴力的话语权。黑社会里都有一类"白纸扇"人物，代表堂口出面"讲数",讲究"以理服人",政治组织中也必然有《动物农场》中声响器（Squealer）一样的角色，把一切政治意图甚至集团利益包装得看上去顺理成章，让人无可辩驳。普鲁士的腓特烈大帝说得更直白："你想要别人的东西就抢过来吧，你永远不必担心找不到辩护律师。"

我们的时代核战争可能导致没有赢家的毁灭性后果，却也因此带来了恐怖下的相对和平，加之冷战后的国际格局变化，如爱因斯坦说的那种可以让人类回到石器时代的世界性战争爆发的可能性也似乎变小了。所以我时常觉得，未来最大的敌人要么就是无数的人性的弱点汇聚起来，成为暴民的洪流，冲决一切文明的堤坝，玉石俱焚；要么就是一个人或少数人把自己的人性的弱点强加到千万人的头上，在国家机器的高效运转下，捣碎一切不同意见者或是无辜小民——在"肉体上消灭"。古代人类的历史总是在"暴君"和"暴民"中间摇摆，反对"暴"又往往会"以暴易暴"，最后反"暴"者又成了施"暴"者，屠龙少年变成恶龙正是不少激荡人心的抗争故事的后半部分。虽然"君"和"民"看似站在两极，而"暴"却可以很容易让两极相通，很多时候暴君和暴民也可以联手合作，比如古罗马的独裁者苏拉的恐怖统治就是通过与暴民的合作来巧妙实现的。他残杀政敌的"公敌宣言"策略，就是利用人们的政治投机，获利受赏或者纯粹的恐惧心理，规定对所谓的"人民公敌"，捕杀者有赏，告发者有奖，隐匿者有罪；结果只要官方在广场上贴上"人民公敌"的黑名单就会有暴民们争先恐后按图索骥

去抄家灭门，比官方的执法队还要快，还要狠。只为借机乘火
打劫，大发横财，或者表明立场，以免牵连，甚至有的人为了
公报私仇或者仅仅出于嫉妒心理而主动扩大攻击对象范围，造
成更严重的社会恐怖。这个其实和汉武帝的告缗政策以及武则
天的瓯检制度本质上都是一样，暴君利用暴民来施行恐怖，稳
固权力；而暴民借机攫取吃人血馒头的实利或者仅仅为了获得
嗜血的快感以让自己免于恐惧。正如鲁迅所说，奴隶对奴隶的
残忍往往更胜于其主人。

　　历史上，大多数反对暴政的人，反对的其实不是暴政行为
本身，比如专制、特权之类，他们真正要反对的是别人的专制、
特权，"别人"才是实际的反对目标。他们自己一旦上位掌权，
也会依样画葫芦，甚至更进一步，以更大的专制和特权来"补偿"
自己和犒赏追随者，即鲁迅所谓"空肚鸭"是也。如果权力运
行的底层逻辑不改变，这种"你方唱罢我登场"的历史闹剧就
会持续上演，像朱温、朱元璋这样背叛阶级出身，篡夺革命果实，
由反抗者摇身一变为压迫者，打出太祖皇帝的招牌的人就总会
"睡在我们身边"。于是古人又面对着一个困境，要么面对暴政
束手无策，默然忍受，要么用"武器的批判"，可是要承受产
生新的暴政的风险，实践中往往都是以一种暴政代替另一种暴
政，一部分人代替另一部分人成为暴君或是暴徒。我们来替古
人算一笔账：忍受暴政，代价是"暴政的压制"；用暴力反暴政，
代价是"社会的巨大动荡 + 新的暴政"。这样算来，对当时的
人来说，忍受现行暴政似乎更划算一些。但是让暴政统治人民

本身又是反人类的。那么该怎么办？古人并没有在历史上给出答案。

2011 年 11 月 16 日

单面英雄

"健康的精神寓于健康的身体之中",古希腊人认为灵魂和肉体是一个东西的正反两方面,如果其中一方面有缺憾,另一方面也不免要受到影响。柏拉图在《蒂迈欧篇》提出人的身体和灵魂需要均衡,身体强壮健美的人要从事艺术和哲学这些精神活动,而沉浸智力活动的人也要从事必要的体育活动,才能达到真正的美和善。而在中国传统文化的想象中,力量与智慧却往往是分离的,可以各自独立存在,有时候甚至互斥,代表理智的文人书生形象往往身体孱弱,经常被形容为"手无缚鸡之力",甚至形体动作上有女性化的特征,如魏晋名士"动静粉白不去手,行步顾影",而壮士猛将又大多以勇而无谋的形象出现,史书或者文学作品中一旦用了"膂力过人"这样的词汇描述某个人物,那么他的形象设定基本就和智谋没太大关系了。刘劭在《人物志》里把"英雄"刻意划分为聪明与胆力两类,"聪明秀出谓之英,胆力过人谓之雄",且认为各有其用,"英可以为相,雄可以为将"。中国历史上大多时候重文轻武,文人为将不乏其人，却大多以"儒将"自诩，不以体力或者个人军事技能相尚，甚至以去武力化的文弱形象为标榜，刻意避免勇猛尚武的色彩。智慧的军事指挥者的标志就是"羽扇纶巾"这样的文人打扮，比如：南梁的名将韦睿"形甚羸瘠"且"被服必于儒者，虽临阵交锋，常缓服乘舆"；有"杜武库"美誉的名将杜预，《晋书》里面记载他"身不跨马，射不穿札"，个人军事技能很差，却不妨碍他"每任大事辄居将帅之列"。虽然在民间传说和神话故事中，有些外表文弱的人有很高的武艺和法力，但那不是现实的健康的力量，而是虚构的技巧，其实是精神智慧的延伸和幻化，并不是真正的肌体力量。比如《三国志平话》里面说"诸葛本是一神仙……达天地之机，神鬼难度之志；呼风唤雨，撒豆成兵，挥剑成河。……来不可当，攻不可守，困不可围"，这样的武功或者法力，其实是类似于巫术，所以鲁迅说"诸葛多智而近妖"。我们绝对难以见到足智多谋的大力士的形象，即使作为武圣人的关羽也只是在"勇武"之外多了一个"忠义"的标签，虽然也有"水淹七军"这样的战绩，却很少给人留下足智多谋的印象。

我们传统文化中的英雄好汉们总是在一个团队中扮演固定的角色，而且性格和能力都像大工业时代的分工，每人只有一两项标志性技能，而不是像忒修斯、奥德修斯那样全面发展的英雄。最明显的就是《水浒》中的好汉，各有所长，各负其责，共同"替天行道"。《三国》中也是一样，主公就是当主公的胚子，谋臣就是当谋臣的人选，猛将就是当猛将的材料。只有吕布是短暂身兼猛将与主公的二重身份，也被证明是不合格的主公，当他被曹操擒住，想要退回猛将的角色，乞求帮助曹操带领骑兵，却已不可得了，曹操最终在刘备的提醒下将他杀了。这种人物技能和角色的单调化可能也是一种刻意的制度设计，上面提到的刘劭的《人物志》里还说了"若一人之身，兼有英雄，则能长世，高祖项羽是也"，意思是说一个人如果智慧与胆力都具备，那就可当开创基业的帝王。哪个主公能容忍手下有可以当"主公"的人呢？据说后周世宗柴荣对于方面大耳有人君之像的人都要杀净，以防后患。一般的人主也懂得分而治之的政治权谋，以确保地位，如果下属能力全面，一旦有野心就不好控御，好比翟让招了李密，岂能有善果可食？中国古代还有一种"庸主文化"，《吕氏春秋》论君王之道说："夫君也者，处虚素服而无智，故能使众智也。智反无能，故能使众能也。能执无为，故能使众为也。无智无能无为，此君之所执也。"无智无能成为古代治国驭民的帝王心术和被推崇的君主德行。古希腊的神话传说里面，国王往往是智慧、力量的象征以及民众的保护者，如俄狄浦斯就是以智慧逼杀斯芬克斯救得城邦的民众因而获得王位的。而中国历史文学里的"主公"或者帝王们一般是表现为一个庸人（无论是智力上还是武力上），要一班谋臣和猛将去保护他、拥戴他。无论是《史记》中的刘邦也好，《三国演义》中的刘备也好，或者《水浒传》中的宋江，甚至《西游记》中的唐僧，都是一副能力平庸、性格犹豫的形象，却能够力压战斗力或智谋远超自己的下属，而成为团队领袖。《春秋穀梁传》说"君不尸小事,臣不专大名,善则称君,过则称己",意思是说,君主不主持小事,臣子不专享美名,事情办得好要全部归功于君主,事情办砸了要全部归罪于臣子自身。中国象棋中的"将"和"帅"就是最无用的两个棋子,可是整盘棋都要围绕他俩来下,重要时刻就要"丢车保帅",最能反映这种"庸主"文化。没有能力的主公要属下互相掣肘才能确保安全,文武分途可以防止臣僚权力过于集中以行篡逆。对于勇猛有力,容易做出非理性举动的人物,历史文学在叙述中进行了规训,着重突出他们的"忠义"。无论是专诸对于公子光,关羽对于刘备,还是李逵对于宋江,都是做到完全言听计从,舍命相报。这大概就是"主公"们最希望看到的吧,所以刘备一句"明公不见布之事丁建阳及董太师乎!"就能轻易说动爱才的曹操放弃招纳吕布的打算。

这种政治意识的规训体现在传统文化中,就是对人的全面发展的压制。而在前现代社会里,由于民众普遍的教育水平低以及信息的传播范围有限,因而面对统治阶级的压迫,身体的不驯服带来的危险远比思想不驯服带来的危害要更直接、更普遍,所谓"好勇疾贫,乱也"。于是对身体力量的贬低被刻画到文化的底子里,体现在审美上,就是以种种身体上的"病态"为美,比如古代美男子的代表卫玠就素有"羸疾",一副病恹恹的样子,最后竟被倾慕者看杀。鲁迅也曾讽刺有的人心中"雅致"的愿望是"秋天薄暮,吐半口血,两个侍儿扶着,恹恹的到阶前去看秋海棠"。甚或古龙笔下的大侠李寻欢,也要给他安排咳嗽的顽疾，带着"苍白而带着病态的嫣红脸"。从文化上溯源，可能是因为东亚内陆的农耕文明更具有社会性和内向性，游牧文明和海洋文明的英雄主要是和各种形象化为怪兽、实为难以预测的自然作斗争，因而对体力和智力的需要不可偏废，具有文明童年期的质朴。而中国的故事中，英雄是成熟社会中的人，伦理中的人，甚至是权力网络中的节点，口辩和权谋更有利于成功。另外还可能由于封建统治者对"弱民"主义的有意塑造，如《商君书》说的"民弱国强，国强民弱。故有道之国，务在弱民"，虽然不为主流官方意识形态所宣扬，实际上确是历代君王付诸实践的治理之术。自科举兴起后，士人涌入科举，皓首穷经，士风以文学为雅事，以武事为耻。到了宋代此风尤盛，至有"状元登第，虽将兵数十万，恢复幽蓟……凯歌劳还，献捷太庙，其荣亦不可及矣"之论。宋明理学家讲究"居敬穷理"以"静坐涵养"为修养，甚至把习武、打球、放风筝等等体育活动视为"无益之事"。明末清初的学者颜元感慨道："宋元来儒者却习成妇女态，甚可羞。""衣冠之士羞与武夫齿，秀才挟弓矢出，乡人皆惊，甚至子弟骑射武装，父兄便以不才目之。"这必然导致士风萎靡，民气柔弱，失去人初生时的生气，而堕落于过于矫饰的"病态"之中了。但是儒家本身在起初并不是要把人异化，孔子本身就是"孔武有力"的人，他开设的课程"六艺"：礼、乐、射、御、书、数，实际上就是综合教育；他提倡的"君子不器"也是反对过于专业化的人，而是提倡人的全面发展，他还说过"质胜文则野，文胜质则史。文质彬彬，然后君子"，所谓"文质彬彬"就是说君子的外在文化修养和内在的质朴本性要平衡好，不可偏废，否则要么是野蛮人，要么成孔乙己。何以后来我们的文化推崇异化的人和病态的审美呢？有很多学者认为这种观念是宋代开始的，包括传教士们也说是宋儒误解儒家原来的典籍，听起来似乎也有些道理。我们看到唐代还有很多出将入相的人才，而到了宋代就文武分途了，这和宋代继五代变乱之后，自己得位不正，为免藩镇割据，政权旁落，因而采取重文抑武的政策有关。宋太祖提出"宰相须用读书人"，文人地位日益尊崇，甚至出现武官不习弓马，只读文章的现象，武备废弛到"业无可采，上马则陨"的局面。仿佛当陆游写出"上马击狂胡，下马草军书"句子时，只能是对北魏傅脩期这样可以"上马能击贼，下马作露布"的全能人才的缅怀了。

从宋代的文学、绘画、器物甚至建筑风格来看，宋人的审美趣味中确实更多体现出的是闲淡、静谧、黯淡、含蓄，这些阴柔的特点，折射了宋代柔弱、文雅的时代精神。但是总感觉到对力量的压抑，对武德精神的贬低，似乎并不自宋代开始，至少在中晚唐时候已有出现，《北梦琐言》里说"唐自大中已来，以兵为戏者久矣。廊庙之上，耻言韬略，以囊鞬为凶物，以铃匮为凶言"，把弓箭袋和兵书柜作为不吉利之物。更不用说上面已经提到的魏晋已降社会早已存在这种风气，只不过是到了宋代更明显和突出而已。好比人生病，病因不是起自宋代，只是到了宋代愈发加重了，根本上可能还是我们文明的底层结构和成熟程度问题。文明成熟到一定程度就容易变得浇漓而脱离质朴，而且儒家文化中的务实主义和文治精神，推崇理智而反对勇气，厌恶激情和狂热可能带来的混乱和不可控。所谓"勇而无礼则乱"（《论语》），所谓"悍戆好斗，似勇而非"（《荀子》），儒家文化中反武力的一面被后世过分强调。虽有助于维持大一统国家和平稳定的作用，但也容易导致在沉寂乏味且内向的文明气候下，压制勇于挑战的阳刚精神、生命内在的澎湃激情以及自由奔放的鲜活人性。往往让人把多余的生命力转化为内卷式的自残，异化为畸形的审美、规训的秩序和萎缩的生命力。反而是具有胡人血统的中原王朝较少有轻视武力的偏见，又受到汉人文明风气的浸染，能够平衡身心，开创文明的新区域。同时也更易出类似贺若弼这样"慷慨有大志，骁勇便弓马，解属文，博涉书记"的野蛮体魄加文明精神的双面人物。然而这种平衡却难逃久必生弊的制度演变法则，和贪图安逸享乐的基本人性，胡人血统的王朝带来的塞外质朴尚勇之气慢慢同化于腐朽奢靡、浮华矫饰的汉地风气，最后消磨尽锐气与活力，又黯然退回塞外。

我们今天要有新的英雄标准：力量＋智慧＋意志，少一个都是精神上的残缺或是肉体上的残废。

2011 年 10 月 30 日

迎接疯子时代的到来

西方文化中隐隐有一条"疯子崇拜"的传统，在古希腊时疯子就被认为是神谕的传达者，伊拉斯谟在《疯狂颂》中说"我要证明，那完美的智慧，一般所谓的幸福堡垒，只有通过疯狂才能进入"。中国传统文化则更倾向于崇拜"长者"，就是老人。你看史书上记载，不管是刘邦还是朱元璋，到地方视察，都是先召集"三老""耆老"，儒家文化中年龄是"序尊卑"的重要一条标准。相对于游牧文明和海洋文明而言，传统农耕文明的社会要稳定得多，社会变迁进程非常缓慢，因而老人的经验和阅历对指导现实具有非常高的价值。因此中国传统中更容易形成"崇老"文化。在简单重复、稳定平和的农耕文明环境下，老人不仅代表着秩序和稳定，也昭示着年轻人的未来，通过命运的轮回，一代代人的生命在循环往复中延绵不绝。然而在变动不居、除旧布新的时代，老人是保守的、没有激情的、压抑的，而"疯子"恰恰是革命的、进步的、创造性的、热情洋溢的。

一、中国古代的疯子精神

中国传统文化中的疯子大略有两种，一种叫"狂"，一种叫"癫"（"痴"更近乎于傻，不是疯），其中"癫"的形象，如武当山中"听之不闻，视之不见"的陈抟老祖，如灵隐寺外嗜好酒肉、扶危济困的济癫和尚，如《聊斋志异》中悲喜无常、捉弄贵人的癫道人，如《红楼梦》中跣足蓬头、疯疯癫癫的癫和尚。"癫"者虽有种种怪诞行为，但精神本质上往往是避世的，"癫"是出世高人的自我掩护的手段，是放弃通过正常逻辑与世俗沟通，保持与现实世界距离的一种存在模式，因而他们对现实的影响是有限的。而"狂"者则不为现有社会规则所拘束，无论是思想上还是行为上都敢于"冒天下之大不韪"，其行为不符合大多数人的价值判断标准。不同于"癫"的避世心态，"狂"是以浓烈和激越的方式介入现实生活，敢于亮出自己的态度，敢于去破坏和建设，如孔子所说"狂者进取"，是最具有行动力和革命性的"疯子"。但是一旦失败了，往往引世人侧目，被视为妄人。

从文献来看，孔子和庄子都对狂接舆、子桑户这些狂人有过接触和了解，而且都很尊重他们，孔子甚至说过"与其不得中庸，必也狂狷乎！"可是这种尊重狂者的传统后来渐渐没了。首先是秦始皇，他要打击妄谈国事的儒生和方士，制造了文化高压态势，顺便也打击了那些狂者，因为他们也一样被认为是"异取以为高"的刁民。不过还好，秦朝国祚不永，始皇既殁，天下蜩螗，狂者们可以避世当隐士，或托庇于黄老、纵横之言，还受人尊敬。而汉代以后，改造过的儒学取得了正统地位，并借着"罢黜百家"的大一统皇权把中国文化中狂的精神逐渐打消了，比如征辟人做官，都是要思想向主流意识形态靠拢、务实干活的，"皆有孝悌、廉公之行"，狂人没有出路，在政治上、经济上就日渐边缘化。唐初胡风未除又受伊朗系文化的影响，疯子精神有所恢复，所以有李白"我本楚狂人"的诗句，当时社会也不以为忤。而他出生在中亚的碎叶，甚至不算地道的华夏之民，陈寅恪就认为他"本为西域胡人"（关于李白身世可以参见陈寅恪先生《李太白氏族之疑问》之考证），只是后来少年时代才到四川（陈寅恪认为至少五岁才从中亚迁居蜀地）。同时作为一种反理性主义异端思想的道教在唐朝得到极大推崇，受道教的影响，也出了很多落拓不羁的狂人，比如韩愈的侄孙——韩湘子，就是大狂人，后来还成了八仙过海中的一位。但是到了宋朝，民族精神又归于消沉，而经过宋代理学家改造过的儒家文化则天然要排斥特立独行的英雄，也排斥离经叛道的疯子（因为他们不正统、不常规、不驯服），抱着《尚书》中"惟圣罔念作狂"的说法不放，却对后半句"惟狂克念作圣"视而不见。比如朱熹说"既是圣人，决不到作狂"，程颐说"曾点狂者也，未必能为圣人之事"，这些理学大佬对狂放、非理性的精神都是大加贬斥。王安石讲了几句不合时宜的疯话"天变不足畏，祖宗不足法，人言不足恤"，就被从孔庙中撤享。

苏东坡虽有"老夫聊发少年狂"的豪狂之气,观其生平,一生中不断被贬谪,只落得"问汝平生功业,黄州惠州儋州"的下场,还险些因乌台诗案掉头。明代朱元璋最恨不顾礼法的狂士,名士倪瓒(画《渔庄秋霁图》的那位)喜欢说狂话,朱元璋知道他爱干净,就把他扔到粪坑中溺死。而且你说我去做"隐士",可以吗?对不起,不可以,国家的法律文书《大诰》中有一条罪"寰中士大夫不为君用,其罪至抄劄",就是皇上叫你来,你不来,去当隐士,那么就一个字"杀"。但到了明代中后期,皇上要么是从外藩进京的,要么年纪小由大臣摄政,皇上没权威,大臣们又闹党争,国家政权松散,控制力减弱。民间的狂者文化又恢复过来,不但出了徐渭这样被周作人评价为"浩浩徐夫子,浊世恣佯狂"的全能型"疯子",甚至连大儒王阳明也为狂者极尽赞美之辞,认为因势利导"狂者便从狂处成就他,狷者便从狷处成就他",就可以"一克念,即圣人"。不过我觉得还有一种可能的因素就是受域外文化影响(元代中西交流大通,即使到了明代,色目人后代还是遍布华夏),比如李贽就是当时有名的狂者,而李贽祖上就有异族血统,且他与利玛窦等西洋传教士有交往,在其著作《焚书》《续焚书》中保留有零星记述。

上面强调李白和李贽的异族血统,并不是"文化不自信"的自我贬低,盖如陈寅恪所说"塞外野蛮精悍之血,注入中原文化颓废之躯,旧染既除,新机重启,扩大恢张,遂能别创空前之世局",文明在互动与交融中实现不断的自我更新蜕变。

二、功利主义的泛滥与疯子精神的紧缺

和外国人聊中国历史时，他们常常强调中国历史中所谓的"天命"，其实在我看过的资料中，古人其实只是拿"天命"说着玩的，根本不是真把它当回事，只是新朝代得了政权，象征性地说说"天命所归"，借以给自己的权力披上神意的合法性。于是我觉得很奇怪，外国人怎么老是强调这个"天命"，他们的结论从哪来的？后来想了想，他们的结论可能是从《圣经》上来的，就是一切神都安排好了，伟大人物从事的事业是必成的，因为只是去贯彻神的意志而已。西方人在上升时期的冒险精神可能与"上帝与我同在"这种宗教信念的加持有一定关系。我看过一些明清来华的传教士的传记，那真是九死一生来到中国，但他们觉得自己是践行神的意志，自己的行动是为了荣耀神，处处都蒙神的看顾，所以不惧艰险。包括那些大航海时代的探索未知的冒险家们，没有信仰哪能有勇气面对浩瀚无际的大海大洋和未知世界，韦伯《新教伦理与资本主义精神》讲的新教的"预定论"基本上也是这个道理。

中国传统文化自古没有普遍的强烈宗教信仰，中国历史上没有一场完全为了宗教信仰争端而发生的战争，好处是不偏执，坏处就是乏理想。近代以来，康有为一干人等跟着日本人学，要把儒家学术宗教化（实际就是基督教化），那是削足适履，也没见成功，自封的孔教会会长也没能当几天。中国古代缺乏

强烈的宗教信仰传统，居于主导地位的儒家道德只是生活伦理，孟子虽有"杀生取义"之说，但对于义的定义和理解又没有一定标准，所谓"周之顽民，殷之义士"。除了亡国异代时的忠臣烈妇为纲常名教殉节外，很少有为了纯粹信仰而以身犯险的，毕竟有儒家"身体发肤，受之父母，不敢毁伤"的训诫作为庇护。没有为信仰而蹈死不顾，只为利益而奔忙辛劳，顶多是为家族而献身，像晁错这样"刘氏安矣，而晁氏危"最后"朝衣斩东市"和黄子澄这样"坐赤族，妾入浣衣局"都被认为是"不智"。所以中国的游士知识分子心心念念的还是"君王卖爵禄，臣子卖智力"，一个"卖"字是关键，和"学成文武艺，货与帝王家"的"货"是一样的，显示出明显的功利性，根本不认为自己做的事是神圣不可背叛的，在哪儿混得好就混，混得不好撒丫子走人。所以"识时务者为俊杰"成为流行的处世原则，而所谓的"识时务"，从被动来说就是"君子不立危墙之下"，从主动来说就是"良禽择木而栖"，本质上就是谁厉害跟谁混，什么有好处干什么——就沦落为没有原则的机会主义。（所谓"儒表法里"，乱世以儒家为面子的纵横家，和平时期无法投机，就儒道互补，而道家源自杨朱，其实还是精致的利己主义者。）

中国古代的当权者所谓"天命"，那大多是骗骗老百姓的，姜子牙在伐殷商前，破蓍草，烧龟壳都不吉利，可是伐商行动早就准备好一切了，不能不开仗，于是反口就说"枯骨衰草，何知凶吉！"——那些没知觉的枯草和死乌龟的壳子哪能决定大事？要是算的结果是吉利的，那很好，顺天应人；算的不吉利，那对不起，不理你，该干啥干啥，所谓"用君之心，行君之意，龟策诚不能知此事"。儒家不信神，孔子讲"敬鬼神而远之"，而且"子不语怪、力、乱、神"，孔子又说"祭神如神在"，注意这个"如"，就是好像神是在的，也就是说，装装样子，骗老百姓的。曾子讲得更明确"慎终追远，民德归厚"——搞隆重祭祀活动，是为了培养老百姓敦厚的品质，至于死的人知不知道，那就不重要了。所以儒家其实是很有工具理性的，没有迷信，没有一根筋，但是这样的思维很容易流变为实用主义而没有坚定的信念。《儒林外史》中的马二先生说："就是夫子在而今，也要念文章，做举业。断不讲那'言寡尤，行寡悔'的话，何也？就日日讲究'言寡尤，行寡悔'，那个给你官做？孔子的道也就不行了。"这最能体现儒家末流的庸俗化倾向，然而说得也未必没道理，夫子自己也说："吾岂匏瓜也哉？焉能系而不食？"又曰："诺，吾将仕矣。"孔圣人尚有入仕求官之心，至于一般俗儒，如《世说新语》上的伦道人所说"无义那可立？治此计，权救饥尔，无为遂负如来也"，曲学阿世，卖论求官的就更不知道有多少人了。

三、疯子是点亮时代精神的燃灯者

作为普通人，按儒家传统的那一套来，也挺好的，大家和和气气，老实本分过小日子，君君臣臣，父父子子，吾皇万岁，"亦其宜也"，几千年来，虽偶有变乱，但中华文化绵延不绝，至今依然生机勃勃。不过我觉得，那些注定要成为时代精神的引领者、人类命运的守夜人的"世上之盐"，那些要去完成"不可能完成"任务的拓荒者，却需要有些"疯"劲。这样才能不为世俗纷扰尘嚣所影响，克服功利主义的精打细算而追求崇高；不为繁文缛节所拘束，聚焦本质而化繁为简；不为传统刻板认识所羁绊，突破思想窠臼而指引未来；不为未知恐惧所阻吓，一往无前而开创新局。

正如有"章疯子"之称的清末民初的大思想家、革命家章太炎所说："大凡非常可怪的议论，不是神经病人，断不能想，就能想也不敢说。说了以后，遇着艰难困苦的时候，不是神经病人，断不能百折不回，孤行己意。所以古来有大学问、成大事业的，必得有神经病才能做到。"所谓的"神经病人"其实是既有"老夫聊发少年狂"的蓬勃生命力，又有"天生德于予，桓魋其如予何""天上天下，惟我独尊"的大自信的"盗火者"和燃灯人，为世人破愚暗以明斯道，除荆棘而辟坦途。而相信自己是命运的拣选之人，就是大自信的来源，没有狂热信念与自己同在，就很难在面对未知的恐惧和巨大的险阻时奋勇向前，毫不畏惧。所以贞德会因为觉得在上帝的启发下而战斗，才挽救了法国；摩西因为相信自己是在神的指引下行动，所以能带领犹太人出埃及；牛顿因为认为上帝创造了世界，为了解神的秘密，才孜孜不倦。你可以说他们是疯子，但是就是疯子在创造历史。正如福柯在他皇皇巨著《古典时代疯狂史》中所说："如果说，疯狂是对理性的努力加以惩罚，那是因为，疯狂早已存于这项努力之中：心象的活跃、激情的暴烈、精神朝向它自身的伟大回返，这些都来自疯狂，都是理性最危险的工具，因为它们同时也是它最锐利的工具。没有任何强大的理性不冒着疯狂的危险去达成它的作品。"随后福柯还引用查伦的话"没有任何伟大的才智，不掺有疯狂"。

疯子在文明的进步中正好像点豆腐的卤水，虽然只用一点点，却能让豆浆发生胶体聚沉的神奇变化，很多时候理性与彼岸之间浅浅的几步距离恰恰需要"疯子"来完成最后的助渡。在社会变革的前夜，疯子不但是预言天明的报晓鸡，也可能是压死旧世界骆驼的最后一根稻草，是张僧繇手中的点睛之笔，让徒有其形的画中之龙，可以完成最后的蜕变，惊雷弄电，破壁飞去。就像前文提到的，我们传统文化中太具有实用主义的理性了，好处是平和不捣乱，不好的地方是不相信奇迹和缺少勇于探索的精神。我们的时代，没有神的选民了，因为早在尼采时代就"上帝死了"，所以我们要学会尊重"疯子"，他们才是历史的推进者。让我们以百倍的激情迎接一个疯狂时代的到来，他不仅是疯子的狂欢，而且是人类精神的辉煌绽放，肆无忌惮而又光芒四射！

初稿写于 2011 年 7 月 20 日，后有改动

"历史学帝国主义"

　　一位"人人网"的好友在评论历史学和文学的功用时说："'历史学帝国主义'：历史学是一切人文学科和社会学科的皇帝，而文学无法真正救国。"我是赞同历史学帝国主义的说法，不是说历史可以救国——其实什么都可以救国，娼妓都可以救国（北洋政府时代有"青楼救国团"）——而是说历史学是君临一切，无所不在的学科，就像帝国主义一样，到处渗透，无孔不入。所有学科从根本上讲都是一个历时的积累的过程，因而学习某个学科其实就是学习这个学科的历史，比如哲学，我们通常说的哲学家其实大多是哲学史家，除非自己有独创思想才能称为哲学家，而这样的哲学家也必将被纳入哲学史研究的范围中。文学分为文学研究和文学创作，前者基本是研究文学的历史或是历史中的文学，后者其实是记录新的历史，自然科学也是这样的。进而言之，任何事物（事件和思想）都有一个发展的过程，都是从历史走来，又将变成历史，所以历史学的研究对象几乎是无所不包，而且永无尽头，正如章学诚所说"盈天地间，凡涉著作之林，皆是史学"。另外为了研究好历史，优秀的历史学家基本都是百科全书式的，在求知欲上也有帝国主义心态，基本没有此疆彼界的限制，正如中国近代外文极好的陈寅恪先生是历史系的教授。然而我们又发现，历史学在没落，首先是历史学因为疆域太大，渐渐分崩离析了，政治学、经济学、民俗学等纷纷裂土而去，自立门庭，最后历史学自己的"自留地"只剩下研究宫廷斗争和记忆繁琐年代了。在中国古代，历史有很大的精神意义和现实价值，不仅社会生活上要参考过往成例，就是治理国家也都是参照历史，所谓"以史为鉴，可以知兴衰"，所以司马光的历史书叫《资治通鉴》——"鉴于往事，有资于治道"。直到新中国初期都还是这样，毛主席熟读二十四史，甚至当年还让人读《汉书·刘盆子传》以为教育和警示，郭沫若、吴晗这样的历史学家也受到重用——历史学是很有现实功用也很受尊重的学科。

但当今时代不同了，现在人文社科领域是法学和经济学当道的时代，历史学变成大而无用的东西，甚至被认为迂腐，似乎只能借助《百家讲坛》这样的节目赚点人气了。历史学毕业的人就业困难，稳列最难就业学科前茅，导致优秀的学生上大学很少报历史系，很多高校的历史系基本靠调剂才有生源，这样历史学面对后继乏人的困境。而古代最优秀的人才能做翰林院修撰、编修，才有资格参与史书纂修。历史学没落了，普通人只有通过《孝庄秘史》《步步惊心》《甄嬛传》才能接触清史，通过《金粉世家》了解北洋历史。历史由资治的政治教科书变成娱乐大众的玩物，历史在当下的功利主义世风下也被"逼良为娼"了。

然而历史的价值和力量是不可能永远被遮蔽和忽视的，因为不仅仅"读史使人明智"（培根语），而且"历史上都写着中国的灵魂，指示着将来的命运"（鲁迅语）。前一段时间看到经济学界有这样的一个说法："中国社会发展到这一步，经济学家和法学家能做的已经很有限，下一步需要的是历史学家发挥作用。"不知道历史学家们准备好了没有。

2012 年 5 月 13 日

晚明新世界

　　上午去首博参观了"利玛窦——明末中西科学技术文化交融的使者"展览。本来看到展览的这个名字是没有太多期待的，因为利玛窦的事情是尽人皆知的了，可是进入展厅后才发现，展品很是丰富，而且很多都是从意大利的各大博物馆借来的，在国内是很难得见。比如那本拉丁文翻译的四书，据说北外张西平教授曾亲自去罗马的博物馆找都没找到，今天竟然就在眼前，实在难得。让我印象深刻的是那些当时的科学图书，比如人体解剖的著作和天文星象图，都是很能体现出理性主义和科学精神的。而绘画和其他的艺术作品则充满人文主义气息，比如那幅受洗的耶稣的油画，虽然画的主题是宗教的，但人物流露出的情感，即使几个世纪后的今天，还是能让人感受到。给我的启发是，这些耶稣会士虽然是针对宗教改革后天主教衰落的大势，为着重振天主教势力而来，可是他们自己也没有躲过整个欧洲新时代文化的影响，他们生活的时代人文主义和科学精神对他们的影响已经无处不在、不可避免。在耶稣会创始人伊纳爵·罗耀拉（Ignatius Loyola）看来，"中世纪宗教的热情和文艺复兴时期人们关于世界的大视野共存不悖"，这在柯毅霖的《晚明基督论》中介绍的耶稣会传教士在欧洲训练时所要学习的课程就可以看出。三年学习人文学科，不但要系统学习自古希腊、罗马以来的非基督教哲学家和作家的作品，还要学习物理学、地理学、制图学、天文学和机械学等自然科学。课程中还包括制造日晷仪、星盘、时钟和天体图等实践活动——科学知识和古典知识是他们知识结构的重要组成部分。我在展览中就看到了耶稣会士所藏的西塞罗的《论责任　论友谊　论老年》的 16 世纪版本以及星盘、约分仪、经纬仪等代表当时欧洲科技水平的精密仪器。

还有利玛窦和中国士人交往的记录，很是有趣，因为可见他和当时中国著名的学者名流徐光启、李贽、王肯堂等人都有交游。由此可以看出的是当时中国顶尖人物和耶稣会士可能多有交往，万历年间的进士陈仪述及利氏之受欢迎："当时都中缙绅，交许可其说，投刺交欢，倒屣推重，倾一时名流。"[1]——这不仅仅局限于利玛窦一人，比如艾儒略在福建与士人的交往，其受士大夫的欢迎程度甚或过于利氏，至有被誉为"西来孔子"。这种交往的后果可能使得欧洲文艺复兴后的理性主义和科学精神影响到当时中国最优秀的知识分子，他们在反对晚明泛滥的佛教和阳明心学时很可能就利用了这种域外的思想资源。我记

---

[1]　方豪：《中国天主教史人物传》上册，中华书局 1983 年版，第 73、74 页。

得有一本书《西方哲学东渐史》，就梳理了亚里士多德的逻辑学思想如何通过传教士传入中国的。最可称述者为稍后之耶稣会士金尼阁 (Nicolas Trigault)，其在欧洲募集七千册西洋书籍辗转流布中国，这七千册书籍有一部分流入西什库教堂图书馆（现保存于国家图书馆古籍善本部）。从惠泽霖、方豪考查出的金氏遗书书目来看，涵盖了欧洲先进的科技知识和西方宗教、历史、地理、语言学等人文知识，为晚明及以后的中国知识界系统性地注入了域外文明的新元素。这不禁让我想到，清代学术的考据学转向，可能除了传统学术资源外，晚明西学的影响恐怕也是不能排除吧。

一个好的展览带给观看者的更多的可能是展品以外的东西，利玛窦的展览让我想得很多，而不仅仅是看热闹似的看看意大利来的文物。

2010 年 4 月 9 日

图书分类的那些趣事

在国家图书馆海外中国学文献研究中心赶论文。这个中心的图书馆藏的都是海外中国学方面的资料，所谓中国学以前也被称为汉学（Sinology），简单讲就是外国人做的有关中国的研究。里面看书的人很少，看书的人比管理人员还少。室内很安静，偶尔有复印机工作的声音，窗外乌鸦声声不绝，叫得十分凄惨——作为人类觉得凄惨，或许对于乌鸦而言正是得意时的欢歌或者孤寂时的长啸——谁知道呢？这正是自古以来"子非鱼焉知鱼之乐"的大悖论。

在书架上找羽田亨《西域文明史概论》的耿世民译本，无意间看到"中文图书"架上有海登·怀特著、陈新翻译的《元史学》（*Metahistory*），觉得这本书放在这里不伦不类，海登·怀特这本书的副标题是"The Historical Imagination in Nineteen-Century Europe"（19 世纪欧洲的历史想象），是一本史学理论著作，和中国半点关系也没有，我想大概管理人员看到汉译的书名，顾名思义，以为这是一本研究元代历史的著作吧，所以才放到海外中国学研究中心了。这不禁让我想起以前遇到过的几次同样的事情来：我曾在当当网上看到钱老师的《内藤湖南研究》被放在地理类著作下面的地域研究小类中，钱老师这本书是对日本著名历史学家、汉学家内藤湖南（原名内藤虎次郎）的研究，和地理八竿子打不着，为什么要分到地理类？或许是工作人员以为这是一本研究湖南省的著作了，把内藤的名字误以为是中国的湖南省了。还有北语图书馆把德国著名哲学家齐美尔著、陈戎女老师等翻译的哲学著作《货币哲学》放到经济类图书类，恐怕以为这是一本关于金融方面的著作。我在想，书后面都是标注分类号的，何以能出这样的错误？

　　天下书太多了，读也读不完，传说苏轼年少时曾写对联"识遍天下字，读尽人间书"，后来也认识到自己过于自负，遂改为"发奋识遍天下字，立志读尽人间书"。博雅如东坡先生尚有未读之书，所以一般的人犯点书籍上的笑话也是难免，有时还未必是坏事：据说，当年革命青年被反动政府逮捕入狱，在狱中偷偷传看《钢铁是怎样炼成的》以鼓舞斗志，有时被狱卒发现，收缴了，却并未出什么大事，因为上峰指示：这样的"科普读物"看看也没什么大不了。

2011 年 4 月 22 日

与钱师邮件三则

离开学校后，不能面聆钱老师教益，刚开始几年向学之心未泯，时常以电子邮件的方式向老师汇报学习情况，并讨论读书和治学的一些看法，钱师也给予了真诚细致的指导。今天偶然翻出来看看，对照当下处境，感慨系之。发给钱师看后，老师鼓励我发出来，以为让学弟学妹看看或许有益处，也算是嘉惠后学，也可见师生求学授业之情。于是不揣浅陋，择选三篇较无偏激之语，实为切身之感的，录之于下。题目为整理时所加。

读书不计功利

钱师：

一时说得过激了，因为觉得钱老师是比较熟悉的人，也就不见外地说了几句话评价张老师的文章，甚至语带戏谑，我的意思是说他那种劝导的方法没有说到要害处。我说的都是实话，以一般学生的角度来写的，因为他那文章也是给刚入学的同学看的，那样的说教法没效果的——没人信的，我也不相信。学习人文学科的人，不能以功利作为评价的标准，要对此真有兴趣才可以持久。我不赞同的是不老实读书——书自然是要读的，但读书不同于做生意，说读了书就会立竿见影得到实在的物质好处（比如张老师说什么有益于找工作什么的），未必是实话。可能读书本来就是一件雅事，尤其是文科（特别是历史），本来就是大而无用的，正如庄子说过的："今子有五石之瓠，何不虑以为大樽，而浮乎江湖，而忧其瓠落无所容？"人文知识有时可谓"无用之用，方为大用"，很大程度是内在的愉悦——有不足与人道的大乐处，是内在素养的提升。所谓"腹有诗书气自华"，不是那些所谓的"小实惠"。

前几日打点滴闲暇之余，读陈寅恪《金明馆丛稿二编》之《陈述辽史补注序》有一段文字："回忆前在绝岛，苍黄逃死之际，取一巾箱坊本《建炎以来系年要录》……乃取当日身历目睹之事，以相印证，则忽豁然心通意会。平生读史凡四十年，从无似此亲切有味之快感，而死亡饥饿之苦，遂亦置诸度之外矣。"我觉得这种境界才是读书的大境界。想到多年以前我有很长时间睡眠很不好，时时觉得自己会死掉，内心无名恐惧。唯有在读各种书中偶有发现，就欣欣然，忘记种种恐惧，我称之为"发现的狂喜，掩盖了死亡的恐惧"。少时读弗洛姆《在幻想锁链的彼岸》，他说"哲学思考是我反抗永恒寂寞的有力武器"，我觉得就是一样的道理。

我觉得真正爱读书的人都不是为了"找工作"之类的目的

出发的，也不考虑有没有实用价值。记得小时候，家里没有书读，我每当听到有放鞭炮的，就跑过去，因为我们那儿有种很大的鞭炮是用旧书纸卷制的，我见到没有炸的鞭炮就把它们拆开，看裹在里面的几张书纸上的文字。虽然书纸都是一般人家废弃的书，而且卷制时书纸被切断，每行只能看半行文字，即使有大人劝诫说有危险，也乐此不疲——当时根本没想到有功利的目的。真正喜欢读书是唯书忘我的——至少我觉得是这样的——脑子里都是书里的东西，见到人不和我聊自己关心的书上的内容，就觉得此人"面目可憎，言语无味"。记得去年七夕节，我和女朋友在一块聊天，她在那滔滔不绝，我一言不发，只在她胳膊上划字。她问我划的什么字，我说"羽田亨"，她很生气，转身走了，我也转身去图书馆了——那段时间正在读羽田的书。现在想来，颇为不通人情，有负良辰，当时确是读书忘我，难以自掩。

于节庵讲"书卷多情似故人，晨昏忧乐每相亲"，这是不假的，看看书，就觉得自己可以"神交古人"，和古今最智慧的人交流。自己藏书虽只千卷，但每每翻书，也觉得一时群贤毕集。记得初中时搞到一本被批评为"错误思潮"的书，现在还记得当时"雪夜闭门读禁书"的兴奋情景。那些都和"找工作"这样的小实惠，和"文化复兴"这样的高情操无关。子曰"好之者不如乐之者"，陈省身给小学生题字"数学好玩"，赵元任说语言学"好玩儿"，都是一个道理。乐趣是重要的，要让人感受到这个世界上知识带来的乐趣是最健康和长久的，才是教育的王道。

学生顿首

2011 年 2 月 24 日

谈学者成才的条件及其他

钱师：

以前笔记本中还有一些想法和材料，可以逐一整理出来，再写几万字当无大问题。只是很多材料现在难以再找原始文献核对，一些随手在笔记本上记下的线索现在也无法按图索骥——天下最郁闷的莫过于明知道自己要的材料在那本书上，可就是拿不到那本书，所以只能望洋兴叹，因陋就简。

您的文章看过，有两点想法：

一、人在学术上能有特别成就的，往往都有某种机缘。如您文章中提到林文月先受日本教育后入台大中文系的经历，舍其一，她之后的学术能力都可能有大不同的结果。又如当年季羡林作为交换研究生留学德国，先入柏林大学学习语言，后由德国学术交换处分派到哥廷根大学，接受了系统的德国东方学的古典语文学教育，才有其后来在东方学和跨文化研究上的成就。正如他回忆这段经历时，引用老师吴宓的两句诗所说"世事纷纭果造因，错疑微似便成真"。而同去柏林的乔冠华则分派到图宾根大学研习哲学，后来做到共和国外长。设想分配学校时候把他们换换位置，则又会怎样？

二、家境好（尤其是青少年时期家境好）对养成不世出的学术人才很有必要。所谓"家境好"，一则要富足，二则要有文化氛围。人常言"自古英雄多磨难,从来纨绔少伟男",在做事业上或许如此,但是学术史上未能以此为标准,近代以后有大学还好些,以前大学问者多是世家子弟。从我自身经历来看,自小生长于穷乡僻壤之区,交游于村叟顽童之间,我非不勤奋不好学,然而图籍难求,有惑无解,不免有坐井观天之困。入京后见解稍阔,但是最好的学习时光已经错失,每念及此,常常叹息痛恨不已。或许有草根的大作家,但绝难有草根大学者,因为治学术需要的广阔眼界和交游硕学之士,都非寒门子弟埋首苦读就能办到的。

另,您谈到《国史大纲》,我细细读了一过。与细碎考据史实不尽相同(比如《先秦诸子系年》),可能因为抗战的大背景,也可能是宾四先生一贯的用世主张,《国史大纲》里面是高扬一种知识分子的担当精神(士大夫的教)。如其在论宋代学术思想时就对士大夫中萌发"起来担负着天下的重任"的"自觉精神"赞扬之情溢于文字,对"一辈以天下为己任的秀才们出来,带着宗教性的热忱,要求对此现实世界,大展抱负"行动之揄扬,虽或是就当时社会现实处境而发,实亦可见其精神导引之所向。可是这种类似于宗教情绪的士大夫自觉意识,随着技术和商业力量的崛起,而逐渐式微了,工具理性和实际利益成了"普世价值",于是精英们也就成了所谓的"精致的利己主义者"。另外,"历史"这个东西也好复杂,我之前总觉得多读史料能接近真实,可是随着阅历的增加和年岁的增长,渐渐发现不是这样的,那些历史为何那样写,哪些资料保留了下来,实际上是有某只手在我们之前已经做了选择。正史靠不住，野史也多荒诞，真实的事可能永不能复原，就像小时候看电视总觉得所有的案子最后都被破获，凶手被绳之以法，实际上"天网恢恢，疏而不漏"不过是一种修辞而已，破不了的大案子不知道有多少。历史也一样，真实已经难以复原，只不过是人为的一种关于过去记忆的制造。奥威尔在《1984》中讲得很有道理，"谁掌握了过去，谁就掌握了未来；谁掌握了现在，谁就掌握了过去"。

最近睡眠尚好，只是无心读书。饱食终日，无所用心，已略微发胖了，不禁让人有"髀肉复生"的感慨。时光蹉跎，心境颓靡，年将老大，一事无成，有负师友所望，罪过罪过。

学生顿首

2013 年 8 月 8 日

谈历史的意义

钱师：

看了老师的文章。最近因为吃药的缘故，头脑昏沉，本来打算不再谈学术的事情，不过老师讲的"与我心有戚戚焉"，忍不住"再作冯妇"。读完钱老师的文章，我想说的有三层意思：首先是历史学科的学科意义需要重估，以前中国的传统是重视历史的借鉴意义，所谓"鉴于往事，有资于治道"。一直到新中国初期，这种"资治"作用还在发挥。可是现在技术进步太快，社会变化迅速，尤其是近几十年整个社会大环境已经由前现代社会几乎静止的状态变为"瞬息万变""目不暇接"，历史的借鉴意义，借古知今，甚至通过了解过去，预测未来的作用听起来已如痴人说梦、天方夜谭——那么历史学的意义在哪？在直接指导社会实践的工具性作用逐渐丧失后，历史的衰落和边缘化似乎也是必然的，历史学的意义或"作用"要有新的锚，因为历史学在价值理性上有其不可替代的作用，所谓"欲要亡其国，必先灭其史"（龚自珍），这种价值上的"无用之用"，必须附丽于历史知识的广泛传播和大众的有效接纳，如果绝大多数人甚至社会精英都不知道"三通、四史是何等文章，汉祖、唐宗是哪一朝皇帝"（徐灵胎《刺时文》），那整个族群的命运就要"危乎殆哉"了。所以历史传播需要有趣味，在"娱乐至死"的年代，历史要摆脱陈旧的形式，才能有生命力，否则就会如孔子说的"言之无文，行而不远"。现在的"文"就是一定要变得有趣，如果说细碎的考据、皓首穷经的研究尚可保留在学术研究的"山顶洞"中，那"面目可憎、言语无味"的呆板说教就有些不合时宜了，就像叶德辉讲的"讲学而如楚囚相对，岂复有生人之乐哉"。网络传媒时代，无趣就要死亡，而历史得不到传播，就等于无历史。

其次是历史学的研究范式必须改变了，不要再分什么"汉学""宋学""今文经""古文经"——细碎的考据和无根的漫谈都不要，历史研究既不是要追求哪个唯心论的"理"，也不要拘泥于形而上的"真"。宋儒涵盖一切的"理"是支配宇宙万物的最高抽象存在，在实践中只会成为权力意志和社会规训理所当然的依据，借"天理"之名不给人辩驳的机会。就好比在黑格尔的"绝对精神"下，历史顺着目的论的方向滚滚前进，一切小人物的命运都变得无关紧要起来，不过是历史车轮碾过时腾起的黄尘。历史和现实中"被历史车轮碾得粉碎"以及"以理杀人"的悲剧还少吗？而"死于理，其谁怜之？""逆历史潮流"者亦复如是，连同情者都没有。其实抽象的本体或者绝对的规则都不过是一神论的神学权威或东方式的绝对帝王权力在思想上的投射。我们今天不要归乎空玄的"理"（或者"绝对精神"等其他的第一原理的元叙事），而要尊重历史的偶然性和意义的多元化，打破而不是固守"理"的预设。绝对意义上的真是不存在的，或者是一个不可能恢复的存在——等同于不存在，所以歌德的自传《诗与真》（*Dichtung and Wahrheit*）有些是真实的，而不真实的就是诗。历史也是诗与真的结合，而亚里士多德在《诗学》中认为诗（文学的编写）是比历史记述更高层次的真实，是一种可能性的真实——即描写的事本身是不真实的，但是同样的事却在（或将要）真实地发生。历史不是去考证具体的历史细节，而是建构或捕捉历史记忆。说得具体一点就是历史分三个层面：一个是历史事件的绝对真实，另一个是经过福柯式权力筛选规训过的文献真实，最后一个是大众对某个事件的记忆真实。首先现在历史学的语言学转向否定这个不能重构的绝对真实，因为一切不可能再发生，捡拾的都是本雅明意义上的语言碎片，难道碎片能等同于花瓶吗？其次文献真实则如足之印迹，以迹求形，失之远矣。崔浩的"国史之狱"、"庄廷鑨明史案"等都彰显了古代权力对历史叙事的绝对碾压，所谓"董狐直笔"只能是一种理想，明成祖三修《明太祖实录》"事皆改窜"——《实录》何曾"实录"，不过是统治者想让你看到的东西罢了。除了权力的规训，历史叙述者以本身的主观偏向定取舍褒贬，也让史料因为挟带私货而失真变形，难逃傅孟真"官书失之讳，私记失之诬"的定律。如《晋书·陈寿传》记："或云丁仪、丁廙有盛名于魏，（陈）寿谓其子曰：'可觅千斛米见与，当为尊公作佳传。'丁不与之，竟不为立传。寿父为马谡参军，谡为诸葛亮所诛，寿父亦坐被髡，诸葛瞻又轻寿。寿为亮立传，谓亮将略非长，无应敌之才；言瞻惟工书，名过其实。"最后，所谓"记忆的真实"就是人们自然形成或者可以营造的关于过去的共同认识。不管这种认识与最初的历史事件差异多么大，它却可以独立于历史真实，影响人们对自己的认知、群体的认同甚至敌人的确定，借助孟华老师的概念，历史学要成为一门历史形象学。

再次是历史学及一切人文学科要生存不能靠情怀和自虐式的苦行，她要变得有益。方东树讲"然陈编万卷，浩如烟海，苟学不知要，敝精耗神，与之毕世，验之身心性命，试之国计民生，无些生益处，此只谓之嗜好，不可谓之学"。当然，现今时代变化很快，传统的"示来者以轨则"以史为鉴的经世致用观念显得捉襟见肘。但是历史可以通过解释过去和构建记忆，形成群体的认同，为国家和民族提供凝聚力（所谓共同体意识），为个体提供文化归属感，修补文化的断裂，实现精神的传承。通过某些嫁接口，让个人可以嵌入到某个历史事件里，从而让个人生命意义因为纳入历史时空的网络中而变得丰富和厚重。如阿拉斯戴尔·麦金太尔（Alasdair MacIntyre）在其《追寻美德》中所说的那样："我自己的生活故事，是嵌入在那些共同体的故事里的，我是从我所在的共同体中，获得了我的身份。我生来就带有一段难以割舍的历史，如果试图割断我和这些历史传统的联系，就是在破坏我现存的关系。"技术对现实的改变已经让古今世界在物理意义上发生了难以叠合的巨大变化，但是基本的人性可以穿越岁月，延续到今。历史里彰显的人性的光辉是我们精神的抚慰和激励，阅读历史让我们的生命时空极大延伸，可以让我们更具有洞察力，也更平和、超脱、通达，以温情和敬意对待人生与世界。另外，博闻强记、自炫于人在信息检索便捷的时代已经没有太大意义了，历史学要和新的技术结合，使得学科时尚和亲民起来，文化可以成为很"酷"的事业。

学生顿首

2016 年 7 月 26

读书种子

　　论文开题报告时，大概因为自己态度倨傲——于我，言无禁忌，当仁不让，本来习以为常，而于其他人，则不免感觉出言不逊、目无尊长。某教授把我一顿痛批，说我根本不懂"怎样写论文"，"根本拿不到学位"。好在钱老师为我辩护，并评价我是"读书种子"，此末一句让我颇受激励。

　　读陈寅恪《寒柳堂集》，陈先生自言："吾家素寒贱，先祖始入邑庠，故寅恪非姚逃虚所谓读书种子者。"陈寅恪先生是自谦了，首先其家"素寒贱"即非实录，祖为名巡抚，父为名公子，不能言寒贱，再者，世人又谁敢言先生非"读书种子"？其所言"姚逃虚所谓读书种子者"，当指姚广孝劝成祖勿杀方孝孺事。《明儒学案》载："时当世文章共推先生（指方孝孺）为第一，故姚广孝尝嘱文皇曰：孝孺必不降，不可杀之，杀之，天下读书种子绝矣。"

　　"读书种子"这种说法本来自佛教，后来成了文化薪火传承人的专指，如金毓黻，入北大从黄侃等习文史，学养精湛，被誉为"东北读书种子"。又如徐树铮《上段执政书》"反政以来，文教废坠，道德沦亡，读书种子，日少一日"。而"读书种子绝矣"一语，则成道德学问化为广陵绝响之譬喻，如《一士类稿》记章太炎事，"（太炎）遂拟绝食。事闻于袁氏，不欲蒙以逼死国学大师'读书种子绝矣'之咎"。在袁世凯而言，逼死章太炎，不免负戕害斯文以致"读书种子绝矣"之恶名，而太炎先生自己则谓"吾死后，中夏文化亦亡矣"，何尝不是以"读书种子"自期呢？有趣的是，章氏在为被革命党人抓去的叶德辉发电报求情时，则写道："湖南不可杀叶某，杀之则读书种子绝矣。"大有"读书种子"惺惺相惜的意思。

偶然看钱宾四先生《八十忆双亲》，先生十二岁时，其父就撒手尘世，其母宁愿忍受孤苦，也不让孩子辍学，并说"我当遵先夫遗志，为钱氏家族保留几颗读书种子"，于是钱先生得以继续就读。此正合《围炉夜话》"家纵贫寒，也须留读书种子"之语。

宾四先生为钱师祖父，此或为其言"读书种子"之直接来历。钱师以期国士者期我，而自己托于空言而荒于实务，学无所成而年将老大，惶恐惭愧，不能尽言。

2011 年

读史札记两则

近来久不读书，不进则退，学业荒废，有负师友所望，惭愧惭愧。偶然翻检旧日笔记，摘录几条于下，虽属材料罗列，但也相映成趣，或可以此示不辍学之心，略慰师友所望。

晚清谋立帝王种种

清季，满人朝廷已如风中残烛，国势日非，步步危局，又加上内外政策处置失当，既丧民心，又失外交。地方督抚已成尾大不掉之势，又挟外人之威以自重，因此稍有变乱，重臣宿将，乃至名士谋立帝王之谣言即蜂拥而起。

曾国藩

王（即王闿运）屡规劝文正：清祚既衰，宜自为之计。帝王本无种，依人胡为？文正顾而言他。一日私室晤对，又反复

言之，文正默不语，以指蘸茗碗余沥，就几上涂画，王败兴而退。臧获辈见几上所书，皆"妄"字。——陶菊隐《政海轶闻·王闿运》

至于曾国藩不反清原因大概有很多，或可参考辜鸿铭《张文襄幕府纪闻·不排满》：

或问余曰："曾文正公所以不可及处，何在？"余曰："在不排满。"当时粤匪既平，兵权在握。天下豪杰之士半属门下，部曲及昆弟辈又皆枭雄，恃功骄恣，朝廷褒赏未能满意，辄出怨言。当日情形，与东汉末季黄巾起事，何大将军领袖群雄，袁绍、董卓辈飞扬跋扈无少异。倘使文正公稍有猜忌，微萌不臣之心，则天下之决裂必将有甚于三国者。天下既决裂，彼眈眈环而伺我者，安肯袖手旁观？有不续兆五胡乱华之祸也哉！孔子曰："微管仲，吾其被发左衽矣！"

李鸿章

法使热福理曰："不如李某为帝。"虽属空谈，不免流露。其后八国联军至京，深恨吾国攻击使馆之不道，有言立曲阜衍圣公为主者，有言立明后者，究以不当事情而旋止。瓦德西至，见吾国无衅可乘，使德崔琳谓文忠曰："各国军舰百余艘，拥公为帝，可乎？"文忠笑谢之而罢。以此言之，匪特吾人不知敌形也，敌人欲知吾国虚实，殆亦不易。惟文忠为能知之，故任

何笑骂，不失英雄本色。不然，使人耳而目之，曰："此欲为帝者也？"其将何以自容？——刘体智《异辞录·李鸿章能知大势》

庚子年间，清政府纨绔用事，轻于启衅，如陈三立言"以一弱敌八强，……形见势绌，必归沦胥"，李鸿章时督两广，接清廷"宣战上谕"至有"此乱命也，粤不奉诏"之论，甚或在英、日支持之下，有"两广独立"之计划，后"独立"之议虽寝，而东南互保之局终成。其时伏莽遍地、内外交困，"群匪觊觎窃发，一动即危矣"，宣布独立、称帝不难，了局善后实难，李鸿章自甲午后，仕途失意，对朝廷或有怨望，然以其政治经验及谨慎缜密论，自不会冒天下之大不韪，担此"谋逆"之名，冒此毫无把握之险。

陈宝箴（陈三立）

启视之，则为《维新梦》章回体小说之题目一纸，别附七绝数首。其中一句后二句云："翩翩浊世佳公子，不学平原学太原。"乃用《史记·平原君传》及新旧《唐书·太宗纪》。先母俞麟洲诗览之笑曰："此二句却佳。"当戊戌时，湘人反对新政者，谣诼百端，谓先祖将起兵，以烧贡院为号，自称湘南王。寓南昌时，后有人遗先君以刘伯温《烧饼歌》抄本一册，以其中有"中有异人自楚归"句，及"六一人不识，山水倒相逢"暗藏"三立"二字语言。——陈寅恪《寒柳堂记梦未定稿（补）》

黄濬《花随人圣庵摭忆·陈宝箴抚湘开新治》言:"湖南之焕然濯新,实自陈右铭抚湘始,当时勇于改革,天下靡然从风。右铭先生与江建霞、黄公度、梁任公等入湘,并力启发,一时外论以比于日本变法之萨摩、长门诸藩。"同书《陈右铭风雪募饷》记:"散原有四公子之目,而右铭先生则亦尝有三君子之目。"陈宝箴任巡抚期间推行新政,陈三立随侍父侧,襄与擘画,开风气之先,具一时人望,湖南至有明治维新时倒幕强藩长州、萨摩之誉,然亦受保守势力百般攻讦,必欲去之而后快。

袁世凯

时袁项城甫练兵于小站,值来复之先一日必至津,至必诣苑生为长夜谈。斗室纵横,放言狂论,靡所羁约。时君谓项城,他日必做皇帝,项城言:"我做皇帝,必首杀你。"相与鼓掌笑乐。——严复《严复集·学易笔谈二集序》

是年七月,冯国璋进见,嗫嚅而言曰:"共和政体,行之数年,国人失望甚矣。愿总统多负责任,跻国家于富强之域。……"袁叹曰:"子为国家谋,或无不当,为吾谋则失计甚矣!吾有子三人,皆不肖,倘吾君临天下,将难乎为继。若云传贤,则不如总统之为善也。"——陶菊隐《政海轶闻·春云渐展》

或言时有筹安会杨度一干人等,专门编一报纸予袁世凯览阅,鼓动其称帝,呜呼,天下事多有不可言者,读《五代史》方知,所谓"黄袍加身"拥主自重，未必皆为惑众妄言。

张之洞

义和团运动渐起，清政府"招拳御侮"，八国联军侵入北京，慈禧、光绪"西狩"，奔逃入秦，清廷几近奔溃，"独立""自治"思想广为流布，张之洞坐镇两湖重地，控天下通衢，又素具人望，且以任事自诩，时外国列强如英、日，国内势力如维新派、保皇党、革命党皆百般游说张之洞独立甚至"称帝"。近人孔祥吉曾撰《张之洞在庚子年的帝王梦——以宇都宫太郎的日记为线索》摘录了宇都宫太郎 1900 年的部分日记，其中比较关键的是：

六月二十八日，"此日夜半时分，与钱恂会面，谈及时事，平岩代为通译。其间，钱恂言道：张某曾有言，天子蒙尘既久，清国处无政府之际，不得已，欲联合南部二三总督于南京成立一政府"①。

七月六日，"钱恂至公所来访，言及张之洞或会设立新政府，目前当务之急乃是厚置兵力。吴元恺部二千名，张彪部二千五百名，此外再募集三千名。并又提及要求日方援助大尉

---

① 李细珠《张之洞庚子年何曾有过帝王梦——与孔祥吉先生商榷》一文中指出孔文这段翻译有误，对照原文，李文翻译似更为准确：是夜于仲之町会晤钱恂，由平岩翻译，谈论时事。其间有谓：张等曾言，倘若天子蒙尘（大概至长安），清国将陷入无政府状态，届时，南部二三总督互相联合，于南京建立一政府，实乃不得已之事云云。

二人，步枪（三十年式或小村田连发）五千挺"。

孔文认为"庚子年张之洞似有当皇帝的思想"，张之洞派长子张权及心腹钱恂赴日是为了征求日人对其组织新政府的意见及寻求军事帮助，并做了购买枪支弹药、训练新军，笼络和放纵唐才常自立军在武汉活动，以资利用，等等准备工作。然而孔文论断多有粗疏处，张之洞在庚子年是否确有"称帝"的想法很难定论。虽然孔文还引用了范文澜先生论断："当时正是义和团极盛，北方混乱时期。英帝国主义阴谋瓜分中国，通过康有为指使自立会拥护两湖总督张之洞割据长江流域（两江总督刘坤一另有张謇等人拥护），通过何启指使兴中会拥护两广总督李鸿章割据两广。"但我认为，和李鸿章一样，以张之洞几十年的宦海游历以及格局眼界，绝难有"称帝"之举动，但是当时社会上关于张之洞谋独立甚至称帝的流言绝对是有的。

衍圣公

武昌事起，清廷之土崩瓦解已成必然之势。面对举国汹汹之"排满"情绪，康有为意识到维持清帝以行"虚君共和"的政治主张已不可行，于是退而求其次，倡议拥戴孔子后裔衍圣公。如果其主张得以实现，第三十代衍圣公孔令贻就将成为新皇帝：

> 中国乎，积四千年君主之俗，欲一旦全废之，甚非策也。……今有虚君之共和政体……尽有共和之利而无其争乱之弊，岂非

最为法良意美者乎？……夫今欲立此木偶之虚君……以超绝四万万人之地位而众族同服者言之，则只有先圣之后、孔氏之世袭衍圣公也。——康有为《与黎元洪、黄兴、汤化龙书》

康有为这一主张或有其私心存在，其于戊戌变法期间已有开孔教会之请，失败后又于海外发动大规模孔教运动，并于各地建教会组织，俨然以孔教会领袖自居。若孔门圣裔被拥立为帝，孔教必然提高到国教地位，素有"教主"情节的康有为也可能水涨船高成为"国师"甚至"教皇"级别的宗教领袖。[1] 但是当时有实力的军政大佬们并不认可康的倡议，以为只是书生之见，尤其是袁世凯认为拥立衍圣公是"罢黜现今皇帝另立新主……会惹起来更多纠纷，无论如何，不能考虑"。其议遂寝。

康之弟子梁启超在辛亥革命成功后发布的《新中国建设问题》中以疑问的方式点出了立衍圣公不可行的三点原因，可谓切中肯綮：

吾民族中有孔子之裔衍圣公者，举国世泽之延未有其比也，若不得已，而熏丹穴以求君，则将公爵加二级，即为皇帝。……虽然，尚有三疑义焉：其一，若非现皇室禅让，则友邦不易承认，

---

[1] 冯自由在《中华民国开国前革命史·章太炎略历》中谈及："两湖书院山长梁鼎芬一日语章，谓闻康祖诒欲作皇帝，询以有所闻否？章答以'只闻康欲作教主，未闻欲作皇帝。实则人有帝王思想，本不足异；惟欲作教主，则未免想入非非云云。'"《章太炎年谱长编》："梁卓如等昌言孔教，余甚非之，或言康有为长素，自谓长于素王，其弟子或称超回轶赐，狂悖滋甚。"

而禅让之事，恐不易期。南北相持既久，是否能保国中秩序？
秩序既破，干涉是否能免？其二，孔子为一教主，今拥戴其嗣
为一国元首，是否能免政教混合之嫌？是否能不启他教教徒之
疑忌？其三，蒙、回、藏、疆之内附，前此由于服本朝之声威，
今兹仍驯于本朝之名公，皇统既易，是否尚能维系？若其不能，
中国有无危险？

初稿写于 2011 年 10 月 25 日，"张之洞"条与"衍圣公"
条分别补记于 2021 年 6 月 4 日和 2022 年 11 月 7 日

汪精卫谋炸摄政王被捕不死

汪精卫少年意气，赴京谋刺摄政王载沣，不成被执，国人
皆以为必死，汪本人也无意生还，乃有"引刀成一快，不负少
年头"的诗句。然而最后竟获幸免，不但成就了与陈璧君的一
段姻缘，辛亥革命后更成了举国属望的英雄。可惜抗战事起，
汪组织伪国民政府，成了比于秦桧的大汉奸，受万世骂名。反
观其当初之免于清廷刑戮，幸耶？不幸耶？

银锭桥事败露，军警辗转侦索之结果，汪遂被逮，同党被
逮者并有黄复生、罗世勋二人。人皆谓其必死，而率从宽办理。
汪、黄均交法部永久监禁，罗则监禁十年。盖仅由民政部会审后，
即经庆王奕劻、肃王善耆、贝勒毓朗等商，由摄政王载沣决定，

未交法庭裁判也。其时善耆主张尤力。法部待遇亦较寻常犯人为优。——徐一士《一士谭荟》

汪兆铭谋炸杀监国，未成被执，释勿诛。民政部肃亲王善耆不交大理院，径定罪监禁。及送狱，谴许世英语部臣"此国事犯宜优待"。副大臣王士序怂曰"我不知如何优待！"大臣沈家本明知不合法，亦默然不语，竟收受之。——胡思敬《国闻备乘》

从《国闻》可见当时一般的大臣对于善耆这些人不遵守正常司法途径善待汪精卫是十分反感和抵触的，但是为什么善耆甚至包括载沣本人没有决定处汪精卫这样"胆大包天"的行刺者以极刑反而要善待他呢？

（汪精卫暗埋地雷，谋炸摄政王载沣）事泄，系入法部狱。法部尚书廷杰议处以死刑。肃亲王善耆方管民政部，力持不可，谓革命党人遍天下，旦夕且爆发。兆铭（即汪精卫）文人无能为，不若久锢，徐讯其党之秘，即不能尽得其实，得其半或一二，足以资戒备。廷杰动容，许焉。善耆以语廷杰者复载沣，载沣亦谓然，兆铭得不死。——陈灨一《睇向斋逞臆谈》

宣统三年冬，摄政王谋缓和民气，出汪精卫于狱。——陶菊隐《政海轶闻》

除了以上的两点从政治考虑的原因：审讯实情和舒和民气，

还有一个比较"八卦"的原因：

> 自清室言之，则狙杀天子父，革朝命，法当死。……然是狱也，竟得减罪监禁，复得优礼，终且特赦得保全。固由于肃亲王以先生美秀而文，动怜才之念，力为开脱。亦由于清室用心仁厚，政尚宽大，较秦法淫威，未可同日而语。——杨云史《蒙难实录》

能文的人多矣，金圣叹不能文吗？"戊戌六君子"不能文吗？何以独活汪兆铭？看来"美秀"还是很重要的，凡俗者都说女人要长得好看（古希腊女诗人萨福十分美艳，有一次她因犯罪在法庭上接受审判，"法官要判她死刑。萨福当庭脱下衣服，露出美丽的胴体，旁听席立即爆发出抗议声，不允许如此美丽的女人被处死。法官迫于压力，只好对她从轻处理"。）列位读者你们看，男人长得好看，关键时刻也可以救命，一笑。[①] 我不是说肃亲王善耆有"龙阳之癖"，其实，善耆早和革命党要人有联系，不排除他拉拢革命党以自重或给自己留后路的可能。而《蒙难》认为"清室用心仁厚，政尚宽大，较秦法淫威，未可同日而语"，其实当时清政府初行新政，想以此博宽大之名，并意欲缓和革命党心理，却恰恰可以看出，清廷法度尊严荡然

---

① 无独有偶，《史记·张丞相列传》："苍坐法当斩，解衣伏质，身长大，肥白如瓠，时王陵见而怪其美士，乃言沛公，赦勿斩。"张苍因形貌之美而得免死。后随沛公征讨，有功，封北平侯。文帝时，位至丞相。

无存，弑君杀父的大罪都可以置之而不问，天下还有谁会去遵守法纪？

2011 年 9 月 27 日

雅　梦

　　梦中与一老者谈戴震《孟子字义疏证》，老者问我《疏证》本是一部思想性很强的著作，何以要起一个考据的名字？我给了他两个解释，大意是："一、戴震晚年感觉到考据之弊，有意矫之，考据终要以思想为归处，但是迫于当时风气，还要以考据为名；二、戴震要表达一个思想性的东西，但是作为考据大师，习惯于用考据的话语体系表达思想。"我虽然对于《疏证》未曾研究过，所说的大概也都是旧说，不是自己的创见，但梦中谈得十分愉快，梦醒后还感觉十分畅快和满足。

　　看过弗洛姆《被遗忘的语言》，知道梦都不是无因的，它以一种象征性的语言表达人们潜意识的微妙动态。这个梦表明我其实已是渐渐从在北语期间养成的纯粹的考据癖——所谓"字字皆有出处"的实证研究中——走出来了。可能是最近受了网上一些偏激的政论文或者议论的刺激——其浅薄荒谬、煽动危险的非理性情绪，有使社会陷入混乱的可能性，但一般人看来又貌似有理，很有煽惑性。谬种流传，以讹传讹，我不能作壁上观,我需要拿起"批判的武器"。觉得了解各种社会思想,学习逻辑思辨的方法才能为批驳谬论提供良好的武器,而这一方面,以前推崇的乾嘉诸老朴学到王国维、陈寅恪的新式考据都是不给力的。孟子曰:"予岂好辩哉?予不得已也!"

白天俗事纷扰,晚上宿舍有点冷(我一冷就懒得动脑子),手边也无可读的书,周围没有一点学术氛围,看来只能梦中与人论学了——吾岂不好学哉?吾不得已也。

看看手机已经快凌晨五点钟了。早上还要早起,今天是县乡人大换届选举,而我要负责去监管票箱。不管雅俗,梦是做不下去了。感觉自己的精神生活和现实生活真的有点分裂,白天和黑夜,床上与地上,仿佛在两个世界间徘徊,不过也还有趣。人生本就多面,有张有弛,明德亲民,本是往圣之训。

此文发在我的人人网主页上,下面是钱老师的评论及我的回复:

钱老师:话题不错。但似也不能说你在北语就培养了考据功夫。更何况谈走出。就像我正经北大古文献毕业,也不敢妄谈考据功夫。至于如今的指点江山,针砭时政,更有少年轻狂之语之嫌。忠言逆耳,我还是盼你有稳重平和的心境,如能以此心境读书,你的成绩早就大大的了。祝你快乐,找到白天和夜晚统一的心境,否则人不够快乐。

我:网上放言无忌,多有夸大过激之论,钱师不必深究。至于注重资料的倾向,也确实是受钱老师影响比较大的,这是很好的，议论能持之有据，不流于空泛。只是手头没书，查不到资料，跟别人以材料争胜，是力不从心，所以，略略转一转学习的方向。

钱老师："争胜"云云，若能放下，权且放下。不妨先跟自己计较，能不能更有效些，更专注些？别忘了我说的，可以为你出读书小品集的事儿。真是苦口婆心了。你别嫌烦就是。

我：是的，钱老师的教诲我都铭记在心。其实学术的事情我也一直没放下，我相信以后还是有机会搞学术的，闲暇时间在持续学英文日文等工具语言，不敢中辍。所喜日文也有较大长进，今天还帮师妹翻译了一段，但还是有待提高。出小集子的事情我一直放心上，只是最近事情比较繁杂。马上闲下来，我把文章整理一下，把有些随手引用的东西找原文核对一下，再发给您看看，或者我春节放假的时候去一趟北京也行。总共有一百三十多篇，挑可用的大概有几十篇，文章体裁很杂，有些是以前在学校写的，有点"过激"，我到时候把个别字句改一下。另外最近在旧书店看书，看到《单士元日记》中有对满文老档的记载，或可与内藤虎的访书，有相互印证处。

2011 年 11 月 26 日

补记：

钱师的谆谆教诲，我当年并没听进去，搜奇抉怪，自炫于人，游谈无根，逞口舌之快，学问终无所成。辛丑年沪上大疫，五六月间我在由沪到肥人员集中隔离点承担管理工作（所谓"点长"），因临时通知到岗，随身只携一本宾四先生《宋明理学概述》。后期形势趋缓，夜间值守之时，遇闲暇即翻阅之，读到二程部分，有心意会通之感，深觉其法可救我往日之弊。因忆及钱师昔日之训，故发手机讯息言之如下："今日读了张载和二程，读二程时觉得心意会通，大受启发，也发觉理学可爱处，我以前比较倾向乾嘉诸老之精深博古，而于自己内心不甚关注，所谓'不能存养'，故而不快乐，事情也做不成。理学家本非迂阔，只是后来末流存养不够，动作变形罢了。觉得明道先生'敬守此心，不可急迫'真是我的药方。"钱师复我："说得好！看到你这段文字，高兴……（你以前之种种）我不好说你，只有你自己寻找答案。我只在若有若无中，有所启示。"回想之前，钱师在春节给我的祝福语中即有"万物静观皆自得，四时佳兴与人同"之句，或即钱师所说之"在若有若无中，有所启示"之意。如此算是对钱师当年教诲所作的一个十年后遥远的回应。

2022 年 11 月 1 日

古籍与起名字

有个同学身怀六甲，在网上挂出告示："孩子快出世了，父亲姓胡，请大家起个名字，中标的，可以请喝酒。"我看到这个"胡"忽然想到《诗经·柏舟》的一句"日居月诸，胡迭而微"，我觉得叫"胡迭而"谐音"蝴蝶儿"很亲切可爱。不过对这个名字，同学貌似并不很高兴，我想大概因为这是个女孩子的名字。因为我是喜欢女孩的，所以下意识地起了个女孩名字，可是人家可能想生一个男孩，我这个"蝴蝶儿"大概正好触了忌讳。后来转念一想，可能自己比较喜欢"日居月诸，胡迭而微？心之忧矣，如匪浣衣"的意境。可是父母给孩子起名字大概都是希望光明、欢喜的字眼吧——虽然我觉得《柏舟》整首诗还是有坚持自我，不屈服于环境的昂扬精神的。

有一个同事，说他一个亲戚生了一个女孩，叫我帮忙起个名字。《诗经》最好是《东山》，我就从《东山》中的"其新孔嘉，其旧如之何？"中截取了"孔嘉"两个字。"孔"在此诗中当做"非常"解，即孔武有力之"孔"；"嘉"，郑玄注解："嘉，善也。"

然而孔又可做面孔解，又《说文》谓："嘉，美也。"故脱离诗歌本身，"孔嘉"可以解为"长得漂亮"——在现在社会，一个女孩子长得漂亮真的是很重要的，虽然我并不赞成这种以貌取人的价值取向，但我们这个社会就是这样要求的（任何社会大概都是差不多）。"其新孔嘉，其旧如之何？"整句话的意思钱锺书解释为"当年新婚，爱好甚挚，久睽言旋，不识旧情未变否？"可以理解为随着时间流逝，容颜会褪色，感情也会变化，美貌不可以作为依靠。"诗无达诂"，"孔嘉"两个字我想寄托的意思就是希望长得好看，但是又不仅只是漂亮，还要有全面的发展。

朋友的父亲与年轻的继母为他生了一个弟弟，算命先生给起名为"新博"，他父亲觉得不好听，要重新起一个笔画一样的名字，要求有历史文化底蕴，并给他弟弟带来祝福。我给起了个名字"新稊"，"稊"和"博"笔画相同，意思是草木的嫩芽，特指杨柳的新生嫩芽，"杨叶未舒称稊"，亦有草木新生的意思。典出《周易》"枯杨生稊，老夫得其女妻，无不利。"（意思是：年纪大的男子娶年少女子作妻子，就像枯槁的杨树长出了新叶，没有不吉利的。）他父亲和继母年岁相差较大，这个爻辞正合适，不但是对他弟弟的祝福，也是对他父亲和继母的一种祝福，即《周易正义》所谓："以阳处阴，能过其本分，而救其衰弱。……故衰者更盛，犹若枯槁之杨，更生少壮之稊；枯老之夫，得其少女为妻也。'无不利'者，谓拯弱兴衰，莫盛于此。以斯而行，无有不利也。"

2012 年 5 月 18 日

从狼图腾到黄鼠狼崇拜

晚上无聊,在小城的地摊上翻捡到一本姜戎写的《狼图腾》,虽然纸张破旧,却还不影响阅读,带回宿舍闲翻,打发这三月凄冷的春夜。之前也看过中法合拍,由冯绍峰、窦骁主演的同名电影,看到网上有很多人批判"用驯养的狼来表现狼是不可驯服的主题",有点莫名其妙。不过搁置这种吊诡问题不谈,我作为电影外行只是看看情节的热闹和画面的精彩,当年看过这部片子后总体还是觉得拍得不错的。晚上在宿舍翻了翻这本书,从作者对"狼图腾"背后反映的农耕文明和游牧文明不同的民族心理的讨论让我浮想到之前的一些阅读和经历,觉有余味,可以谈谈。

之前有蒙古族作家已经出面说蒙古人视狼为害畜,根本不存在"狼图腾"一事,是"生生嫁祸蒙古人的伪文化"。但是西北地区的游牧民族自古以来多有对狼的崇拜倒是不争的事实,比如匈奴和突厥都自认为是狼种——当然蒙古人也不例外。不但《蒙古秘史》中有苍狼白鹿的祖先传说,亲履其地的宋人彭大雅在所著的《黑鞑事略》中就有对蒙古妇人以狼粪涂面的妆容的记述，而这一习俗可以看作是蒙古人对狼的崇拜的标记。因为用图腾动物粪便涂抹身体或面部是符合原始心理的常用仪式，在不同文化中都有其例。如明人严从简《殊域周咨录》中就记载古里国"敬象牛……大家晨起用牛粪为囊佩之，每旦水调抹额及股"，锡兰国"王尚释，重象牛，煅牛粪灰涂体"。崇拜牛就用牛粪涂抹身体来祈福祛灾，这种行为在当今信奉印度教的人中还在奉行。可以推知《鲁布鲁克东行纪》中记述鞑靼女人"把脸涂得十分难看"，当即是这种"狼粪涂面"的面妆。所以我觉得，王国维先生认为蒙古人"狼粪涂面"是黄粉涂额之误，"亦汉旧妆如唐人额黄"，是求之过深。

尤其值得一说的是突厥人，他们对蒙古文化影响很深，蒙古人与突厥人交流融合，经历了由浅到深的突厥化过程。由于蒙古人数较少（估计初起时，全部成年男性大概只有十万人），因而等到成吉思汗开始大规模对外扩张时，大力征召突厥人入伍，使得蒙古人突厥化倾向进一步加强。突厥人是崇拜狼的，不但自称狼种，而且也视狼为权力和威势的象征，比如《新唐书》和《旧唐书》中屡次出现突厥人授予隋末唐初的很多汉人政权狼头纛（饰有狼头的大旗子），以示支持和羁縻。最重要的是突厥人是信仰摩尼教的，摩尼教又有极重的祆教传统，其中之一就是视狗为圣物，对其顶礼膜拜。在西北很多少数民族语言中狗和狼在名称上是一样的，就是不从物种的分类学而是从语言学上看，把狗和狼视为同一种动物。这个听上去不好理解，我举个例子：就好比天鹅和鹅在英文中，一个是 swan，一个是 goose，两个看上去毫无关系的单词，但在汉语中却都是"鹅"；反过来很多西方语言中也是如此，汉语中两个从语言本身看毫无关系的词却可能被归为一类。汉语中狼和狗是两个在语言学上没有联系的词，但是在其他语言中则不一定，比如我们说的天狼星位于 Canis Majoris，而 canis 拉丁文意思就有犬类的意思，狼在拉丁语中是 canis lupus，狗则是 canis lupus familiaris，意思是"家里养的狼"。在蒙古语中则把狼叫做"腾格里诺海"（Tengrinohoi），就是天狗的意思，认为狼是腾格里（长生天）派下来的，所以叫天狗，是狗的"天使版"。虽然祆教中狼并不是瑞兽，但是由于狼和狗的名称在西北民族语言中的相关性，狼也可能作为宗教圣物狗的另一种形式而被敬畏和崇拜，并且渐渐融入到民俗和文化中。词源学和文化史方面进行探源还有很多线索可以追寻，不过因为我在山野小城的简陋宿舍中没有资料可查，难以作细致的考辨，有兴趣的同学可以自己去研究，总之蒙古人对狼的崇拜绝对不是没有根据的。

如果说西北游牧民族有对草原狼的崇拜，中原农耕民族则对牛有特别深厚的情感。草原狼控制旱獭、黄羊的数量，保持着草原的生态平衡，牛则是耕作之家不可或缺的生产工具，关系着一家温饱与社会安宁。北宋名臣李纲在《病牛》一诗中以拟人化的手法描写了耕牛对于农耕社会的贡献："耕犁千亩实千箱，力尽筋疲谁复伤？但得众生皆得饱，不辞羸病卧残阳。"我们现在也以"牛"表达赞美和祝愿，以至于英文中也有了一个词借自汉语——niubility。很久以来，牛受到国家法律的严格保护，甚至食用牛肉一度都是违法的，在《彭公案》《杜骗新书》《儒林外史》等小说中都有涉及私宰耕牛的案件。直到新中国成立后很长一段时间，宰牛都是需要特别许可的，私自屠宰是要判刑的。我在陕西支教时还听说当地有一人曾经（大概在六七十年代）因为"强奸耕牛"（这个没有必要大惊小怪，其实人和动物交合在"文明"的古希腊时代就十分流行，在几乎所有民族的文献中都以这样那样的形式存在，现在南美和中东等畜牧业地区，这样的行为还不时有报道）被劳改——可见连牛的"尊严"也是不允许侵犯的。

牛被视为善良、勤劳和忠诚的象征，在汉族中流传最广的传说就是"牛郎织女"。在这个故事中，牛不但是牛郎的伙伴和衣食之源，而且告诉牛郎找到妻子的秘密，这其实是个神话隐喻：农人的衣食温饱和家庭生活都依赖于牛。牛是农人最亲密的伙伴，以前在乡村，逢年过节时都会在牛的犄角上贴上写有"耕田千亩""丰收大吉"之类的红纸条，以示喜庆，牛不仅是一份资产，也是家庭里的一个成员。但是有趣的是，农耕民族的汉人对牛虽有情感却没多少敬畏，对牛的赞颂和保护也往往出于功利的考虑，年老的牛在丧失了利用价值后都要被杀掉，剥皮卖肉。

我们皖中地区也流行一种乡村版的"狼图腾"，不过崇拜（或者叫禁忌）的对象不是草原狼，而是有狼之名无狼之实的一种鼬科动物"黄鼠狼"。传说鼻尖为黑色的黄鼠狼是"大仙"，有种种神通，可以附身人体，[①]可以降灾贻害，如果有人冒犯它的话就会被施以种种可怕的报复。所以即使黄鼠狼偶尔偷食鸡禽，农人却不敢伤害，胆子略大的仅仅把它驱赶走就算了事，胆子小的还是焚香敬拜，以求免祸。我就听家乡的老人言之凿凿地说过：某某人因为当年拆房子时不小心弄伤了一只黄鼠狼，回来后不久就生病不起，瘫痪在床；某某人因为打死一只黄鼠狼，不久自己病死了（或者自己孩子病死了）。虽然版本不同，但结论就是：黄鼠狼是不能冒犯的。（有趣的是，这种习俗分布很广，我以前在图书馆看过一个蒙古族的传说集，书名记不得了，里面有同样关于敬畏黄鼠狼的记述。另外，东北民间信奉的五大仙"狐黄白柳灰"，黄鼠狼也径居其列。）

很有意思的是：可以给人带来益处的最后流尽汗水被剥皮卖肉，而给人带来灾祸的却得到了礼敬和崇拜。就像鲁迅在一篇文章中讲过的：发明火，给人带来光明和熟食的燧人氏没成为火神，火神名叫回禄，是一个喜欢随便放火的神灵，大家敬奉他只求他不要放火。不只是做神，做人往往也是一样的。

2017 年 3 月 21 日

---

① 由汪冰辉讲述，曾昱晗记录的口述史《三条河之间的小镇》有吾乡同邑之三河镇"黄鼠狼精"的故事可为参照："据说她（二舅爷家的女儿）年轻的时候，一次独自回娘家，返程晚了，路过荒僻之地，被黄鼠狼给迷住，一连几年不得掉。她一个人在屋里有说有笑的，丈夫一进门就挨打，后来请道士做法时，在家里打得鸡飞狗跳的，才算送走了。"

年少只知宋江怂，读懂招安已中年

　　小时候看李雪健老师演的宋江在朝堂上撅臀叩头，对一班昏君奸臣行礼如仪，尽显谄媚之丑态和投降之卑劣，感觉十分气愤。他对赵官家奴颜卑骨的自轻自贱，不但"冷了兄弟们的心"，也最终把火红的梁山事业推向了斜阳残照的悲剧性结局。英雄消磨尽，好汉各凋零。年少时认为梁山事业的失败可以归结于宋江性格上的劣根性，就是不坚决、不彻底、不刚勇，就是太妥协、太怯弱、太苟且。宋江本是小吏出身，原是郓城县政府办聘用制干部，浸淫体制许多年，也享受到体制带来的特权红利，就像一只猫，一旦尝过鱼的味道就再也不会忘掉。所以宋江就不像地方势力出身的晁盖那样具有彻底的造反精神，当他一旦接替晁盖夺取了领导权，就立即采取了招安投降的修正主义路线。本质上宋江身上具有小知识分子的软弱性——就是俗话讲的"怂"，导致他既不可能做到"杀到东京,夺了鸟位"，也不可能忘怀体制曾给他的温情（即使杀人了，在县衙内外也还受到优待）、尊显（到哪里都有人尊称一句"宋押司"）和特权（可以给晁盖当保护伞，可以收年轻貌美的阎婆惜当外宅）。

然而随着年岁的增长和阅历的增加，才慢慢觉察出宋江的一意招安、卑躬屈膝的背后尚有许多的苦心、各种的无奈，甚至别样的阴谋，不是一句简单的"只反贪官，不反皇帝"的忠君思想可以概括和解释了的。

一、接受招安或者走向团体分裂

纵览中外史籍，一般来说，一个团体在初创阶段，因为团队成员少，关系较为紧密，再加上面对的外在压力较大，一般都可以保持紧密团结、同舟共济的合作关系。但是随着团队的发展壮大，成员的来源日益多元化，再加上度过了发展的窗口期，外在的压力变得较为宽松一些，于是一致对外的合力慢慢就会转化为拉帮结派的内斗。这在历代农民起义历史中更是体现得淋漓尽致，最为典型的就是太平天国运动，从金田起事一路势如破竹，到占三湘两湖，再到夺苏杭膏腴而天京建国，势焰烛照整个中国南部，大有取清廷而代之的架势。但是当一座大好江山出现在永安诸老面前时，则天王与东王已显不谐、东王与诸王已显不谐、两广"老兄弟"与湖湘新人已显不谐。各种矛盾，千丝百结，最终酿成"天京事变"。东王、北王一系将士几万人被杀，翼王带十万精锐出走，太平天国从此走下坡路。八年后天京瓦砾，随后幼天王在江西被擒杀，天国事业也付诸东流。

　　梁山在招安前的形势也与天京事变前的太平天国差不多，看似红红火火，其实是危机四伏，矛盾丛生，已经处于问题大爆发的前夜。梁山上的政治文化并不是表面上的"忠义"，而是赤裸裸的丛林法则。晁盖带了劫生辰纲的"黄泥岗七星"上山，加上心怀不满的林冲响应，于是在实力上具有压倒性优势，就喧宾夺主杀了王伦，夺了寨主的位置。而山寨的元老杜千、宋万、朱贵几乎降为二等公民，以后每次有好汉入伙，他们的名次几乎都要往后排。本来的梁山事业的初创者在梁山上竟成了毫无发言权的边缘人物，试问他们心里能服气吗？而随着宋江带领江州系二十多位头领上山，再加上不断在对外征战中收服朝廷投降将领，宋江已经尾大不掉，把晁盖架空了。最后晁盖负气攻打曾头市，莫名其妙中毒箭而重伤不治，临死前留下"捉得射死我的做山寨之主"的遗言。晁目的很明显，就是要阻止武艺平平的宋江接班。但是最后宋江在一般亲信头领的集体拥戴下还是篡夺了寨主之位，结果宋江亲信也纷纷得势，占据重要岗位压制其他山头。马军主力大多是宋江收服的降将，水军方面，宋江一系江州帮的李俊和张顺兄弟在排名上压制晁盖旧党阮家三兄弟，步兵中像李逵这样的无脑祸胎完全靠宋江的私人关系也入了天罡。而投奔来的山头除了二龙山的鲁智深、杨志、武松因为和宋江关系较近入了天罡。其他的如少华山的朱武、陈达、杨春，桃花山的李忠与周通，清风山的燕顺、王英、郑天寿，黄门山欧鹏、蒋敬、马麟、陶宗旺，登云山的邹渊、邹润，饮马川邓飞、孟康、裴宣，芒砀山樊瑞、项充、李衮，等等，哪一个论资历、能力、出身不比李逵强，却只能列在较为边缘的地煞星位置，他们怎么会服气？所以当吴用派时迁、李逵、樊瑞、项充、李衮到曾头市做人质卧底时，时迁对史文恭说："李逵虽然粗卤，却是俺宋公明哥哥心腹之人，特使他来，休得疑惑。"作为梁山少有的专业技术人员，并且为梁山事业作出突出贡献却排名垫底的边缘人物，时迁这句话也透露出梁山部分非嫡系头领对宋江任人唯亲的不满。其言下之意是：我和芒砀山归顺的三位头领并不是"宋公明哥哥心腹之人"，而粗鲁无脑的李逵却是宋江的心腹。

另外，卢俊义、呼延灼、秦明、董平、徐宁、朱仝、李应等人都是被宋江、吴用使用阴谋诡计害得家破人亡、名声扫地。特别是扈三娘满门被梁山好汉所杀，自己还被迫嫁给又丑又矮的大色鬼王英为妻，是个正常人也决不会心甘情愿，此种血海深仇怎可能"哥哥义气深重"一句话就化解得了？另外宋江的心腹小弟李逵借着宋江的威势，为非作歹，不但滥杀无辜，甚至对梁山自己人也不手软：一是杀了本已投诚的扈家庄满门，一是斧劈公孙胜师傅罗真人，一是杀了朱贵徒弟韩伯龙……种种劣迹，不一而足，只是迫于宋江的袒护，大家才不敢追究，哪个真能心服？从人事安排就可以看出宋江自己在梁山上也已经缺乏安全感：首先是安排自己的弟弟宋清负责饮膳宴席事务，就是担心有人用药物害他，因为水浒时代的江湖好汉们多是善于使用药物害人，比如"黄泥岗七星"劫生辰纲、孙二娘的黑店等都是如此伎俩，后来宋江和卢俊义也最终死于朝廷的毒酒。

宋江的最重要的心腹戴宗就是个大特务头子，表面上看只是打探军情，其实特务工作都是内情和外情不分家，对外是谍报机关，对内就是"锦衣卫"。你看宋江在梁山泊英雄大排座次后，安排众头领房间时"西边房内，卢俊义、公孙胜、孔明、孔亮"，把自己的心腹徒弟孔明、孔亮安排和卢俊义、公孙胜一起住在一处，很有深意。因为梁山上论才学人品没有能出卢俊义之右的，而且卢俊义捉住史文恭，按照前代领导人晁天王的政治遗嘱，卢俊义当寨主才具有合法性。况且卢俊义虽然上山迟，但也不是毫无根基，除了铁杆心腹燕青外，李应、杨雄、石秀、蔡福、蔡庆、杜兴也算是卢俊义派系，又加上本身占据第二把交椅的位置，所以不得不防。入云龙公孙胜看似是个与世无争的人物，可是他是晁盖的班底，"黄泥岗七星"之一，对于宋江架空晁盖本来就不满，只是鉴于实力有限，只能采取非暴力不合作的态度。但是公孙胜不同一般人，一个是地位高、资历深，第二是会法术、开外挂，虽然他自己难以独当一面，但是他要是依附某一派系就不容易对付。因此他是宋寨主的重点监管对象，孔明、孔亮贴身紧逼，防止他在梁山内有小动作，逼得他最后只好"出国留洋"——云游天下。

　　一个团体如果靠特务机构来维持，内部的矛盾的尖锐已经昭然若揭了。宋江如果不接受招安，会不会某一天也在"忠义堂"上上演另一出"火并王伦"的大戏，或者哪一次外出征战被莫名其妙的"张文恭""李文恭"的毒箭射中也未可知。当梁山打出声威，处于表面最红火的时候，也是被招安的最佳时机，就好比一家公司在估值最高的时候被收购，公司的实际控制人自然获利最多。

二、接受招安或者遭受官家剿灭

中国自古以来的农民起义无非两种结果：一种是"杀到东京，夺了鸟位"，打出高祖皇帝的牌照，封官赐爵或者兔死狗烹，继续新一轮王朝历史的循环，比如刘邦和朱元璋这样的；另一种就是如金圣叹改编的七十回版《水浒》的结局那样，出了一个张叔夜式的人物，把暴民流寇剪除干净，旧王朝要么继续风雨飘摇地苟延残喘，要么再开启一个新的中兴时代，比如黄巾军大起义和太平天国运动就是这样的。

那么我们来看看梁山好汉们的事业会是哪一种结局呢？可以毫无意外地说是后一种，因为从大的形势来说北宋并不具备形成农民起义燎原之势的社会条件。虽然在对外战争中表现得有些积贫积弱，但是宋代的政治制度是鉴于五代变乱、国祚太短的教训，制度设计总体是内向型的。本来就不是像汉唐那样对外进取的，而是倾向于对内维护稳定，不但加强控制武人和地方实力派，而且由于商品经济的发达，官府从手工业和贸易中获得大量财政收入，对于农民的经济剥削和政治压迫反倒是较前朝为轻。事实证明，宋代的制度设计是成功的，不但没有延续五代的王朝频繁更迭的宿命，而且没有出现比较大规模的农民起义。虽然北宋灭亡后，由于短暂的无政府状态，在南宋初年，出现了钟相、杨幺这样较为成气候的农民起义，但也在朝廷官军的镇压下迅速失败——后来鼎鼎大名的岳飞就是靠镇压农民起义起家的。如果宋江不被招安，或许发展一段时间后会有和岳家军交手的机会。

从自身实力来讲，梁山不过是"纵横三十六，播乱在山东"的地方势力，即使攻打像曾头市这样的县乡级别的地方土豪势力都屡屡受挫，甚至折损主师，要"杀到东京，夺了鸟位"地逐鹿天下、夺取全国政权无异于痴人说梦。如果梁山好汉和官府血拼，"杀敌一万，自损八千"，势必难以长久维系下去。首先后勤补给是个问题，随着梁山人马扩大，要维持"大碗喝酒、大块吃肉、大秤分金银"的生活就要不断寻找财源。因为梁山本身是没有物质生产能力的，所以为了维持日常开销，就要不断征战，攻州打府，借粮豪强，最后只会树敌越来越多，吸引朝廷和地方各派势力的注意，令其加大征剿力度。梁山好汉看似对官军屡战屡胜，可是官军败了几次不伤根本，梁山即便胜一百次，但只要失败一次可能就玩完了。第二是梁山的战斗力并不足以支持他们有更大的野心。最乐观估计，就算梁山好汉打败了所有官军，那么最后还要面对田虎、王庆、方腊这样的群雄势力。以梁山的全盛势力单单打一个方腊，一百零八位头领最后在战场上全身而退的不过二十七名，连皇帝都感叹"真乃十去其八"。如果梁山不接受朝廷招安，在没有稳定后勤保障支持的情况下，同时和赵官家以及各路地方豪杰多面作战，结果只有一个：就是被全灭。梁山接受朝廷招安，看似中了赵官家"以盗治盗"的奸计，被当枪使，可是如果和朝廷对抗到底，最后也不过是为方腊等群雄作嫁衣裳，恐怕连这最后二十几位好汉也保不住。总之无论招安不招安，造反的结果都不会太好，两害相权，接受招安还是利益最大化的，因为赵官家是全国合法性政权，相较于为乱一方、前途未卜的方腊势力具有更大的施恩行赏能力。既然横竖都是投降，肯定要选个最大的买主，把自己的血酬最大限度变现。一百零八位好汉哪个不是杀人如麻、血债累累？搁在现在都是公安部 A 级通缉犯，本来就是十恶不赦、死罪难免，接受招安后，不但可以洗白身份，而且大小都有官可做，就是像李应、阮小七这样的不做官，回到地方也做一个富裕地主，为所欲为，"好不快活"！岂不是最划算的事情？正应了俗话"要想当官，莫若杀人放火受招安"。

另外还有一点比较阴暗。表面上看似招安后，四方征战，特别是征方腊过程中，梁山好汉损失大半，令人扼腕痛惜，慨叹人生无常、世事难料。但是你仔细分析生还的好汉名单就会发现，其中大部分都是和宋江关系密切的，宋江的弟弟宋清，心腹头领比如吴用、花荣、戴宗、柴进都毫发无损，甚至粗鲁莽撞，一上战阵就脱得赤条条的宋江死忠分子李逵都得以全身而回。宋江铁杆班底的江州帮生还人数最多，而战场上第一个阵亡的就是王伦旧部宋万，应该也不是没有原因的。如果说朝廷借刀杀人利用方腊消灭梁山好汉算是明面上的"阳谋"，那么宋江借助方腊势力整肃异己，完成对队伍内部组织人事上的大清洗就是暗地里的阴谋了——然而他的目的基本达到了。

三、"只要种子不死，无惧花果凋零"

征方腊得胜归来，宋江和他的班底心腹头领凯旋还朝，各受封赏。宋江本人"加授武德大夫、楚州安抚使，兼兵马都总管"，俨然成了正厅局级的干部。相较于原来县政府办聘用人员的"押司"，他地位提升了千百倍，并且得到了金银一千两、锦缎十表里、御花袍一套、名马一匹，以及皇帝额外赏赐的十万贯还乡钱的物质奖励衣锦还乡——在官本位的中国古代社会，俨然成了一个人生赢家。

虽然后来宋江、吴用、卢俊义三位核心人物在政治斗争中要么被鸩杀，要么畏罪自杀，看似结局凄惨，可是他们亲信的班底还是大体保留下来了，有的做了官，有的发了财，有的依然活跃在江湖。在《水浒后传》中残余的梁山好汉和他们的后代更是在江州系混江龙李俊的带领下到海外开拓基业，并在暹罗国立国称王，把梁山事业推广到了海外。这些残余的梁山好汉大多数都是宋江的嫡系，自然要尊奉宋江的历史地位，等于是继承了宋江的精神衣钵，让宋江精神不死，得以长远流传。这个看似很虚，可是人到了一定境界就特别重视历史评价和精神财产的延续。斯大林说过"胜利者是不受审判的，不能谴责胜利者，这是一般公理"，自古历史评价总是不免有胜利者崇拜，宋江一派的梁山好汉余脉在海外创业成功，也就是宋江的事业成功。在中国传统文化中，死后的评价和声望相比较于活着时的荣耀和尊显更为重要，"人死留名，豹死留皮"。他的英雄事业也可以得到更多正面的传播，历史评价也就站在他这一面，事业在信奉自己的人手里传承延续、后继有人，就是宋江最大的成功。就像电影《寻梦环游记》中讲的那样，一个人在死后，只要世界上还有一个人记得他，他就没有真正死亡。从这一角度看，宋江已经跑赢了大多数历史上的豪杰人物。

李俊本是揭阳镇的恶霸，他手下的人原来也多是草莽出身，后来能在海外攻城拔寨并最终立国成功，"依照中国法度"治理暹罗，俨然成了正统的儒家文治统治者，这和他们中的不少人在招安后接受正规军队的训练以及当官后学习到的行政技能有很大关系。如果一直在梁山泊那样的小地方，总不过是一个土匪水贼，治理国家、建章立制这些活儿大概总不免让其感到有些为难。特别是原来不过是一个业余歌手、专业狱卒的乐和在《水浒后传》中转变成一个足智多谋的战略家，这和他在招安后进入王驸马家做几年清客，接触各类朝廷人物，见识各种大场面不无关系。可以说招安后征战杀伐，人员损失惨重，但这也是梁山人马由草寇向正规军转化，由草莽变为儒家行政人员的过程，为以后梁山好汉余脉在海外开基建国，干出轰轰烈烈的事业打下了良好而且必要的基础。

2018 年 6 月 13 日

汉族是否具有尚武精神

时常觉得自己没当过军人是一件挺遗憾的事。我们中国人，特别是汉族人，虽也曾经有过强汉盛唐这样武力爆表的时代，但是在历史上总给人留下文治有余、武功不足的印象。英国 18 世纪著名的哲学家、历史学家休谟就曾经说过，"中国人总是非常忽略军事训练，他们的常备军不过是些最差的国民军"。休谟虽然对中国的历史所知不多，他的这种说法却可能代表了当时欧洲人对中国缺乏尚武精神的印象或者说偏见。汉人给人留下的尚武精神不足的印象，可能有下面几个原因：

一个是制度设计上的。从宋代开始，为了防止唐末五代的乱象，挖除领兵大将以武力犯上作乱、倾覆政权的根基，当局采取了重文抑武的政策。刻意在制度上压制武人，让军事实力和社会地位相分离（比如同级别的武官在礼仪上比文官低很多），领兵大将即使有实力也没有足够的社会威望来感召民众，后来更是把武人的军事权力也架空了，甚至以更成法的方式造成"兵不识将，将不识兵"的现象。正如朱熹说的"本朝鉴五代藩镇之弊，遂尽夺藩镇之权，兵也收了，财也收了，赏罚行政一切收了，州郡遂日就困弱。靖康之祸，金骑所过，莫不溃散"。明代也是延续这种文武分途、以文治武的制度，明代的武将大多都是粗人，再厉害还是要被进士出身的文人巡抚、总督管着（甚至是太监充当的监军管着），打败仗了却要接受最严酷的刑罚。所以明代末年，殉国的几乎都是文人，武将则轻易就投降了——不管是投降李闯王还是多尔衮，因为他们不认同当时刻意压制武人的制度设计。司徒琳在《南明史：1644—1662》中提出导致明朝政权由强变弱的两大难题之一就是"文武之间无法取得统一和协调"，所以史家有"文臣欺武官，明朝其亡也忽焉"之论。元代和清代，因为是少数民族统治，以少数人控制占人口绝大多数的汉人，必须垄断军事，所以军事上汉人是不易沾边的，至少是难以进入军事决策的权力核心。元代甚至有"禁汉人执兵器出猎及习武艺"之令，除了农具，汉人甚至连铁器都不能持有，遑论其他。清代一直防范和限制汉人，绿营兵往往充当炮灰，直到川陕白莲教大起义，汉人才有较多机会掌握局部的实际军事权力。最后到太平天国运动起来了，满洲八旗军已经堕落到肤脆骨柔、不堪一击的地步，这时汉人主导的湘淮军才起来。满洲人的地位也日渐衰落，最后被淮军余绪的北洋军首领袁世凯窃取大权，遂屋清社。

第二是社会文化上的。我们传统文化中"好铁不打钉，好男不当兵"的思想还是根深蒂固的，儒家有"反武力文化"的思想倾向，孔子讲"俎豆之事，则尝闻之矣；军旅之事，未之学也"。大概儒家总是觉得军事是政治的补充，并不起主要作用，孟子认为"行仁政而王，莫之能御也""仁者无敌"，有点克劳塞维茨"战争无非是政治通过另一种手段的继续"的意思，但是有点太超前了，不但不重视军事本身，而且把战争技术赋予了道德的负值，以至于认为"善战者服上刑"，善于打仗成了罪过，是"率土地而食人肉，罪不容于死"（孟子语）。《论语》："子贡问政。子曰：'足食，足兵，民信之矣。'子贡曰：'必不得已而去，于斯三者何先？'曰：'去兵'。"可见孔子觉得军备在三者里面的优先度是最低的。"子不语：怪、力、乱、神"，武力大概非力即乱，孔子都是避而不谈的，所以孔门弟子，政治家、外交家、经济学家（货殖）都有，但是好像没听说有军事家，虽有一个子路以勇力闻名，但是孔子还隐约地批评他"暴虎冯河，死而无悔者，吾不与也"。而后世儒家将轻视武装斗争的思想发扬光大，讳谈兵事："（张）载少孤，能自立，志气不群，喜谈兵……上书谒范仲淹，仲淹……责之曰：'儒家自有名教可乐，何事于兵？'"（钱穆《宋明理学概述》）备边有功，颇知兵事的一代名臣范仲淹尚有此论，遑论一般俗儒。在儒家作为主流的时代里，崇尚武力就有好勇斗狠、穷兵黩武的嫌疑，政治上不正确。其实儒家也不是一开始就有反武装化的思想，而是被后世无意或刻意地曲解了，比如孔子讲的贵族男子必修的"六艺"教育中"射"和"御"都具有军事性质，他也说过"以不教民战，是谓弃之"这样有点军国民教育思想的话。但是一方面从历代儒者自身来说，"儒者得志者少，而不得志多，故宗孔子者多宗其言仁言礼，而略其经世之说。又以军旅未之学，而讳言兵"（汪士铎《乙丙日记》）。另一方面历代统治者都信奉民柔易治的治民理念，刻意突出儒家非军事、反武力的一面，并以之为官方意识形态，因为对全民去军事化可以有效巩固皇权地位并更好维护地方稳定；另外，相对于游牧民族往往成年男子都是"控弦之士"的全民军事化模式，人口稠密的农耕民族的全民军事化显然和经济生产有较大矛盾，对于地狭人稠的汉人来说那更是难以承受的。

第三是历史发展形态上的。相比于其他地区，东亚大一统王朝社会比较稳定，不像欧洲和中亚等地区，缺少大一统帝国长期统治带来的和平，军事冲突成为常态。忽视军事就难逃灭亡，出于现实的恐惧感，整个社会始终处于戒备和敌对状态，就是霍布斯所谓的"所有人反对所有人的战争"（War of all against all）。而中国古代在长期大一统的模式下，统一王朝挟匡合之威，往往以销毁锋镝、严禁甲弩，甚至"堕坏城郭，决通川防，夷去险阻"这样的方式让民众去军事化，从而获得垄断军事暴力的绝对优势。而民众则被迫让渡行使暴力的权力，以享受"地势既定，黎庶无繇，天下咸抚。男乐其畴，女修其业，事各有序"的和平局面，习惯于通过和平条件下的内部政治斗争，而不是对外的大规模战争来获得利益和权力，用现在流行的词讲就是"内卷"。攻战杀伐的边将到头来获得的利益和地位可能还不如皇帝身边的佞臣，而且还可能获得轻启边衅的指责。即使在汉朝这样的外向型扩张时代，也流行"力战斗，不如巧为奏"的官僚主义文化，大一统王朝的繁文缛节和文牍主义显然和要求简单、快速、高效、勇武的军事文化格格不入，所以李广这样的名将宁愿自杀也不愿和刀笔小吏这样的科层制的寄生者们打交道。而战争指挥上专制皇权和文官政府重视"运筹帷幄，决胜千里之外"的所谓"庙算"思想，以及各种"监军"的掣肘，导致军事行动依附于政治斗争和遥控指挥的决策机制，一定程度上使得我们民族尚武精神不足。

次后，是一个大差不差的结论：从历史上看，汉族只要进行有效动员和组织训练，军事能力和战斗精神是不亚于任何民族的。比如新中国初期军人地位提高，在党的领导下，一下子中国军队在国际上就摆脱了近代以来羸弱的印象，以顽强善战的新形象出现在世界军事舞台，赢得了威风和名气。

最后，是一个或有或无的隐忧：我们传统的尚武精神不足的思想还是根深蒂固的，没有西方武力精英化的文化传统。且不说欧洲贵族从军的传统，即便美国，艾森豪威尔、肯尼迪、约翰逊、卡特、福特、老布什等总统都是军人出身，而且很多都是战斗英雄。我们传统文化中一般对军人出身的人总有太多"草莽英雄"的刻板印象，与西方国家政治精英以军事英雄的人设为荣不同。我们文化中总要淡化他们"行伍"的背景及"武勇"的形象，甚至对诸葛亮等历史人物政治能力和军事能力兼备者都要刻意消除他们武德的部分，非要编出"终身不摸刀剑"

的神话，生怕与勇猛无谋的传统武人形象挂上钩。好在近些年强军建设和全民国防教育都有飞速发展，人民解放军威武雄壮，成为中华民族伟大复兴的强大后盾。

2019 年 8 月 1 日

第二辑　岁月不居

我是哪根木头

在我很小的时候，我家有一个亲戚，是个木匠，手艺很好。他就在我家旁边做木匠活。

每当他做活的时候，我就蹲在旁边看，看他手捏墨线，轻轻一弹，木材上就留下鲜明可爱的墨迹，看刨花从他手握的刨子中一圈一圈跳出来，落在地上，看锯子在木材上游走，锯末簌簌地落下。他对我说："不同的木头有不同的用途，每一种木头生下来就是用来做一种物件的，比如高大挺直的木材可以做大梁，弯曲的木头是做犁的曲辕的好材料，分叉的木头可以做手推石磨的推柄。"这大概就是"天生我材必有用"的道理吧。

我时常想："我是哪一根木头呢？生来是做什么器具呢？"后来读《论语》，看到孔子说"君子不器"，意思是说君子不是只有一种或几种特定功能的器物，而是全面发展的人，觉得很适我意："君子不器"不错，我就要做那个"不器"。可是随着年岁的增长，这样的雄心却渐渐消退。原来"君子不器"是对"君子"来说的，而孔子笔下的"君子"大概是一种只能存在于理想中的完美人格吧，一般人做不到，即使是孔子最得意的弟子之一子贡，也没有达到"不器"的境界，充其量也就是个"瑚琏"，虽是高贵的礼器，但还是逃不了做"器"的命运。

岁月流逝，不舍昼夜，童年早已不在，青春也日益见老，自己也已经是二十多年的"大木头"了，那么我又适合做什么器具呢？常常觉得自己是天生做老师的材料，因为我一站上讲台就兴奋莫名，可以滔滔不绝，而且感觉愉快。讲台是个神奇之地，平时木讷的我，一上讲台，就仿佛附了神一样，能语惊四座，口若悬河（绝对不是自我吹嘘的话）。几年前的一个正月，我随朋友去当地很有名气的一个老先生的山居问前程，先生说："你不宜当官，不宜经商，适合学门手艺。"我问："教书算手艺吗？"先生说："算。"若真有命运，而且可以"算"出来的话，大概命中我也是合适做老师的吧。

可是我屡次试图做老师都因为这样那样的原因而没有成功，而且现在来看，做老师几乎没可能了。有时候我为此有点怅然若失。我想是不是我这块木头没有用到合适的地方呢？每当看到周围很多根本不适合当老师的人去当老师、误人子弟去了，这种感觉就愈加强烈起来。

木头们总是可怜的，如果没有有眼力的木匠，很多木头都难以物尽其用，而是被施以大斧大锯，浪费了很多材料，改变了原来的面目，然后被放到一个并不是很适合它的位置上。然而木材既然被固定在一个位置上，就很难改变用途了，不过，只要榫卯相接，牢固结实，无论在什么位置上都还是有其作用的。

2012 年 1 月 6 日

读书的那些事

那些喜欢读书而且有书可读的人是有福的，可是有条件读书的人往往并不读书，袁子才所谓"七略、四库，天子之书，然天子读书者有几？汗牛塞屋，富贵家之书，然富贵人读书者有几？"而真心想读书的人又往往无书可读或没条件读，宋濂自叙早年求学时说："余幼时即嗜学。家贫，无从致书以观。每假借于藏书之家，手自笔录，计日以还。天大寒，砚冰坚，手指不可屈伸，弗之怠。"噫！寒士读书不易也。然而宋濂还能借到书，就已经很幸运了，而生于穷乡僻壤，终生不得与闻斯文的人，也不在少数。

甲

小时候我家有个邻居，比我大十几岁的样子，当时他高中毕业待业在家，正是一个风华正茂的青年。有段时间他承包一个鱼塘，在鱼塘边搭建一个小小的茅屋，夏夜的晚上他就会在里面睡觉，防人偷鱼。他的茅屋中有一把短剑，一支土制的猎枪[1]——不知道这枪是否能用，我想多半是用来壮胆的，还有一些书——据说他习惯边看书边入睡，否则就睡不着。现在想来，大概在孤寂的茅屋中，一个正值最好年华的青年会是孤独无聊的吧，才会用读书来排遣漫漫长夜。有时候他带我去他的鱼塘，我也很乐意，可以看他钓鱼，可以自在地玩儿，也可以随便翻他的书。现在想起来，那都是常见的书，如《三国演义》《聊斋志异》《警世恒言》《镜花缘》等，或者偶尔也有《唐诗三百首》《白话宋词》一类的书籍。然而当时的我是除了课本外没有其他书可看的小学生（或者初中生），见到这些书就如获至宝。从一般的观点来说，这些书并不是一个小孩最合适的读物，但是在当时精神生活极度贫乏的情况下，这些书已如沙漠中的一泓清泉了。即使不能完全读懂，也抱着"好读书不求甚解"的态度一路读下去，现在回头来看还是颇有益处，我想这些书算是我的文学启蒙吧。

乙

姐姐比我大很多，当我还在上小学的时候，她已经大学毕业在中学当历史老师了。我觉得我姐姐并不是一个喜欢历史的人，因为即使作为历史老师，她平时也很少提及历史方面的事

[1] 中国政府 1996 年出台了枪支管理法，全面严格禁枪，在此之前农村和偏远山区持有猎枪，用于居家防卫或生产性狩猎的现象普遍存在。

情。但是她有一些历史书，主要是各种教材，如《中国古代史》《中国古代文化史》《中国思想史》这样的，也有一些历史事件的资料汇编。因为我的童年是极端孤寂的，几乎没有小伙伴，所以在穷极无聊的时候就会拿几本姐姐架上的书看看。谈不上喜欢，因为二十年前的历史教科书是十分无趣的，读起来像是咀嚼棉花，全没有"读史味如肴馔"的感觉。但是有一点是很好的，就是小时候记忆好，读的基本能记下，而且至今还历历在目，正像傅青主对他儿子说的，人二十岁前读书和二十岁后读书绝不相同，少时读书会终生不忘。辜鸿铭晚年还能把《浮士德》倒背如流，而在北大上课时常常写错汉字，就是因为《浮士德》是年少时背诵的，而汉字是成年后回国才下的功夫。我在上初中后，对中国历史的基本情况就烂熟于胸了，但是可惜的是读的原始典籍少，大多都是二三流的教材。如果能回到小时候，我会带上《四库全书总目提要》《廿二史劄记》《读史方舆纪要》读读，这些才是真正学问的入门好书。

丙

在北京读书不长的几年中，读的书是很多的，说"读书破万卷"或许有点夸张了。但是如果算上随手翻阅的书的话，虽然不能达到"破"的境界，但是说读书"万卷"也不算是一种太过分的修辞。

这主要是因为：一、北京的学术氛围不错，让我视野开阔许多，向学之心也十分昂扬；二、北京的文化资源比较丰富，各种书籍，包括地方上较为稀见的书籍也比较容易找到；三、导师对我要求比较宽松，可以比较自由地读书，而不像有些同学要疲于应付很多莫名其妙的"指导书目"；四、远离家乡，没有各种俗事的牵扰，可以沉浸在唯书忘我的境界之中。

但是遗憾也是很多的：一、宿舍环境太吵闹，不能得到很好休息，导致精神几处于崩溃，遑论讲求学问。读金毓黻《静晤室日记》，金先生解释室名："静晤者，期以静中有所悟也。"觉得要是有一间毫无干扰可以"静悟"的房间真是求学的必须，现在高校搞那么多高楼大厦，大多也与学问无甚裨益，但研究生至多两人一间宿舍真是很必要。室可以"陋"，但必须"静"，从来在嘈杂的大通铺中不能出好的学问。二、在某些自己并不熟悉的但貌似热门或可见速效的领域花了太多力气，有点学术功利主义，结果并未有价值的成果出来，学养上也没有很大提高，白白浪费许多宝贵时光，可以为后学者鉴。人一到读研的年纪，基本知识结构都差不多定下来了，再想另辟一个园地与人争胜，真如吴越人弃掉舟楫而与北人较量弓马。读书还是要凭兴趣，就好比找对象结婚，不能光看对方门第、家业，而要看自己是不是真心喜欢，否则最后都不能完美。三、因为学校学科设置的缘故，开的课很多都不是自己喜欢的，但是为了修满学分又必须选择，而我又不是喜欢敷衍的人，只好去学。

丁

贫寒人家,不敢言藏书。不过这些年一有闲钱,就倾尽所有,还是断断续续买了一些书,说汗牛充栋有点过,然而,小小的房间,还是渐渐变得拥挤起来,几乎要无下脚之地了。没有特别珍贵的版本,但是每一本都是仔细搜求而来的,都有一段故事,都记录了一段时光,对我来说每一本都不能复制,因而每一本又都可以说是珍贵的。我对书很爱惜,有一点损坏,都会让我不高兴小半天。我痛恨那些一经手,就把书弄得满是折痕的人,而世间这样的人太多了。所以每当有人向我借书的时候都让我很为难,好像要把自己老婆借人一样,以至于最后我在房间贴了一个纸条"片纸不出门"——我想老婆还是最好不要借人,金屋藏娇比较好。但是即使自己看,耳鬓厮磨,时间长了也还是不免会有损坏,所以一般常看的书我都包上书皮,尽量避免封皮污损。可是还有一个问题,就是书口部分还是容易被手上的汗液和污物染黑,所以一般我都尽量洗过手才去看书,或许有时候显得有点麻烦,甚至成为一种负担。然而书籍可以排遣寂寞,"书卷多情似故人,晨昏忧乐每相亲";书籍可以增长知识,"腹有诗书气自华";书籍可以带来满足感,"丈夫拥书万卷,何假南面百城",所以即使麻烦一点也就无所谓了。

戊

现在电子书大行其道，渐渐地挤占了普通书籍的生存空间，有人预言可能在不久的将来，电子出版物就将一统天下。现实可能比预言来得更快，发行《不列颠百科全书》的出版社于2012年3月对外宣布，不再推出纸质版，内容全面数字化。电子出版物有其自身的优势，廉价、易得、占空间小，而且电子化的书籍方便检索，学术界早就有人指出电子资源对于学术研究的意义，台湾学者黄一农还提出 e 考据的概念，可以省却苦苦搜集资料的时间，是个治学问的取巧的办法。我曾在北大中古史研究中心旁听过荣新江先生校读敦煌吐鲁番古文书残片的课，荣先生感叹于电子检索技术带来校读文书的便利时说："乾嘉诸老几十年的工夫，现在只要两分钟就可以了。"

然而，我很少看电子书，虽然它有上面讲的种种好处和优势，可是我还是不喜欢电子阅读这种方式。一是我不喜欢对着电子屏幕看书，更喜欢躺在床上看书；二是我喜欢同时拿几本到十几本书在一起，互相参照着阅读，这在电脑屏幕上切换太麻烦了。书籍的电子化对于查找资料或许是相宜的，但是这种便捷并不能直接带来学问，我没有见过只看电子书而有很深学术功力的人，很多人恐怕都有这样的体验：心血来潮时下载了一大堆电子书，然后让它们躺在电脑里，再也没有看过。读书

就要麻烦一些才会有乐趣，才会珍惜，书籍太容易得到就不会
好好去读。

2012 年 7 月 13 日

冬天·记忆·闲话

　　昨天立冬了，虽然连日阴雨，但是天气却并不冷，没有任何冬的迹象。立冬没有寒意，但是冬天毕竟是要来了，谁也挡不住。印象中现在的冬天好像不似小时候那么冷了，不知为什么，一说到以前的冬天，我就想到人们讲话时口中吐出雾状的热气以及人们都缩着头，口中向攒在一起的手心哈热气的情景，还有地上有厚厚的一层霜，踩在上面，咯吱咯吱地作响。貌似，现在合肥的冬天，人们讲话时都看不到有热气了，也很少有走在厚霜上的感觉了。其实说到冬天，我最喜欢的不是雪，而是霜，因为那总让我想到小时候起得很早去上学的情景：清冷的早晨，天都还蒙蒙亮，我就踏着霜，一路咯吱咯吱上学了，鼻子和小手都冻得红红的。所以我第一次读到温庭筠"鸡声茅店月，人迹板桥霜"这句诗就很有感触，那是我自己的切身感受呀，你不得不承认诗的意境是个奇妙的东西，任何长篇大论的文字都不能比的。

　　去年的冬天我在学校待着没有回家，北京的冬天到处都是暖气，没有冬天寒冷的感觉，就像川菜没了麻辣一样，没有"冷"是不能算得冬天的。学校宿舍的暖气出奇地热，以至于毛衣都穿不住，有时候外面阳光很好的时候，透过窗户的玻璃，看到外面灿烂的阳光，让人有初夏的感觉，幸好有窗下高大的法国梧桐树冠上的枯叶提醒着我：现在是冬天。我每天去穆斯林餐厅吃一碗"家常拉条子"和几乎一整个新疆烤馕，然后回到温暖的宿舍——最主要的好处是放寒假了，宿舍楼都空了，很安静——看看书，做做笔记，想一想形而上的东西，天气好的话，就去国家图书馆看书。呵呵，真是一个非常美好的冬天啊，虽然并没有达到自己的预期，但还是留下很多美好的记忆。随着年龄的增长，我发现，其实记忆才是最宝贵的，很多东西都是一时的绚烂，或者片刻的欢愉，到最后人老去，明日黄花。你看元稹那句名诗"白头宫女在，闲坐说玄宗"：在岁月淘漉下幸存的几个宫女见惯繁华，历经荣辱，最后红颜老去，秋扇见捐，其实留下的只有记忆，可以作为谈资，消遣有涯之生。

今年的冬天马上就要到了，又会怎样度过呢？我想不管我在哪里，做什么事情，都会饥不择食地读些东西，信手涂鸦地写些东西，天马行空地想些东西。因为只有在阅读、写作和思考（或者叫幻想）中，才发现我是存在的。笛卡尔说"我思故我在"（Cogito ergo sum），然而没有阅读就没有想象的出处，想象力就像沙漠中的流水，渐渐微弱，以至于无。而我又是健忘的人，没有写作，想法就会稍纵即逝，想法不留痕迹，无异于没有想法。所以我以前曾经气势汹汹地宣称：阅读、思考、

写作见证着我们是有智慧的活物，否则，生死有什么区别？人
畜有什么区别？但渐渐地我才发现，其实那是可怜之人的标志
而不是智慧生命的见证。我们为什么要阅读、写作、思考？其
实只是逃避现实的失意，给苦痛一个流淌的出口。诺贝尔文学
奖得主勒·克莱齐奥 2008 年在瑞典文学院发表获奖演说："如
果我们写作，那就意味着我们没有实际行动。当面对现实，发
现自己无能为力的时候，我们就会选择另外一种反应方式，另
外一种交流方式。"那么这种反应方式和交流方式是什么呢？
他又说："人很自然有逃避的冲动——去梦想，去把这些梦想写
入文字中。"写作是逃避生活的方式，是一个自我安慰的白日
梦。阅读和思考也是一样的，因为生活中的苦痛太多了，才把
我驱赶到阅读、思考、写作这样几个仅有的避难所中。海明威
说伟大的作家必须面对永恒孤独，这是对的，人都是有惰性的，
没有孤独的挤压，人不可能沉浸到写作和思考中——我指的是
作家式的写作和思考。说得远了，和冬天貌似没有什么关系了，
有点离题了，算是一点闲话——上面说得有点悲观了，然而我
是不主张消极的，就用著名的《西风颂》中的那句结尾吧："冬
天已经到来，春天还会远吗？"

2011 年 11 月 9 日

去年此时

　　站在宿舍窗户前面，看到校园里郁郁葱葱的树木，不知为何忽然想到了去年在天水旅游的日子，还有那些同行的宝鸡的志愿者朋友们。一年过去了，大家都散落各地，音讯杳然，真有点想念他们了。怀念刘秦安在团市委档案室旁边的那间破敝的宿舍，这些年来，那间小屋是我睡得最舒坦的地方。在陌生又无助的城市，能有一方暂时栖身的所在，就如同在弹片横飞的战场，忽然发现一个正好可以掩护身体的炮弹坑，在跳下去匍匐其中的那一刻感到那样的庆幸和踏实。在天水的时候，最可惜的是没有能登上栈道，近近地看麦积山石窟内的塑像和壁画。山下纪念品店里那个顾长俊美的和尚塑像模型，现在想起来还很喜欢，可是当时觉得太贵了，没舍得买，下次若再去，一定要买回来。不过再去时未必还有，天下事都有其机缘，一旦错失，就可能再也没有机会弥补了。仙人崖那儿山深林密，沿窄窄的山崖边的小路曲折而上，可以不时看到一些明清时修建的庙宇，大多小而残破，不过还是比较原汁原味地保留了原来的建筑风格。在山顶的一个破庙入口处的墙壁上竟然有霍松林先生的题字。里面有个老僧躺在椅子上晒着太阳，半睡半醒。庙的墙是土垒的，残破不堪，地方也很狭促，供了一个佛像就没什么地方了，庙外四面都是峭壁，放眼望去，只见高高的山，密密的林，有风吹来，衣衫飘动，让人忘却凡俗。我问那个老和尚在山上怎么吃饭？是否下山去吃饭？他回答：我们出家人，渴了喝些山泉，饿了食些松子也就可以了。不知道他说的是否是实话，不过听起来很有禅趣，不禁让我想到明代李日华《紫桃轩杂缀》中所记："白石生辟谷默坐，人问之不答，固问之，乃云：'世间无一可食，亦无一可言'。"

2009 年 5 月 20 日

草碧河

我又想起陕西千阳的草碧河。河床沿着山麓延伸，直到很远很远，至于到多远，我也不知道。据当地人说，是可以通黄河的——我相信他们说的是对的，因为，河水和黄河的一样黄——黄河！多么遥远，奔腾咆哮，曲折入海，不是还住着被庄子嘲笑过的河伯吗？

然而草碧河，没有怒涛，没有激流，宽宽的河床，在枯水期，河床上都被种上庄稼，玉米呀、包谷呀，还有我不知道名字的北方作物，只有中间一条窄窄的细流。我看着密布庄稼的宽阔河床常常在想，这河流也曾经浩浩汤汤、横无际涯吧？我始终记得我第一次见到它时的心情——"面对大河我无限惭愧，我年华虚度，空有一身疲惫"，莫名其妙地在心中唤起海子的这句诗歌。那种无奈和落寞，就像河水一样，不知道来源，不知道去路。时光日日夜夜伴随着浑浊的河水一起流走，正如孔子说的："逝者如斯夫，不舍昼夜。"

作为消遣或者完全是无聊中的下意识，我曾沿着干涸的河床一直走下去，走了很远很远，然而两边是始终一样的景色——山和树，变化的只是，有时山高，有时树密。直到倦怠，举步返回时，发现除了一脚泥泞和一身疲惫，似乎也没有留下什么。就像这些年走过的路，虽是一路跋涉，可是路边的景致没有变化，只是消磨青春，落得一身疲惫，然而前面的路还是茫然，难道真要举步返回吗？

有时我沿着河岸一直走下去，河岸是陡峭的，路断断续续，要走下去就要翻山。看着在眼前的山，走过去，就要半日，真是"望山跑死马"。有一次，我翻过一个陡壁，在登上陡壁的一刹那，眼前是一个开阔平坦的谷地——草地上满是盛开的花朵，黄的、白的、杂色的，铺在草坪上，是一幅花朵编织的地毯——一望无际、花团锦簇的地毯，我被震慑了，惊讶于自然制造的美和宏大。文字太没有画面感，看过《十年埋伏》的人都知道里面取景于乌克兰草原上的"花海"景象吧——正是一样的。我在想，爬山不正是生活的一个隐喻吗？

山里人家稀少，但常常看到有些地方有着小小的庙宇，供奉着莫名的神灵，每个山头或者每块土地大概都有小小神灵的守护，使我不觉放轻脚步，生怕惊动他们。有一些废弃的窑洞，残留在塬壁上，远远望去，像是一张张惊讶的嘴巴，或者岁月淘洗过的黯然神伤的眼睛，见证着以前人们生活的不易。

所有的文明都起源于河流，尼罗河、黄河、印度河、幼发拉底河、底格里斯河，河流对于人类有种母性，她在物质上抚育人类，在精神上塑造人类。人割舍不了对母性的依恋，那是来源，那是归路——所以人们自杀时，据说投水的最多——那是生命的归处。

2010 年 9 月 7 日

王府井

　　下午陪一个朋友去王府井买音乐碟，从五道口坐地铁 13
号线，转 2 号线，再转 1 号线。在 1 号线地铁上，有个头发花
白的半老太太，在拥挤的人群间艰难穿行，一边口中喃喃自语，
好像是在传教。

　　王府井上都是古驰（Gucci）、普拉达（Prada）这样的奢侈
品店，还有一家瑞蚨祥，里面定制的唐装很有特点，不愧是老
字号，只是价格太贵，不是我这种人可以过问的。售货员们是
看得出来的，也不搭理我们，有几个外国人在那和一个售货员
说话，听得出说的是法语。

　　外文书店的书还是不错的，原版书主要是小说，可惜没有
严谨的学术著作，而且似乎种类上，也称不上琳琅满目，价格
倒不便宜，一个薄薄的少儿读物就要八十多元人民币。有个日
语书的专柜，主要卖的是大头美女封面的日本时尚杂志，还有
日本漫画书，外加一些陈旧的科技著作。没什么可翻的。

　　有个教堂，罗马风格的建筑，真是让人有些庄严肃穆的感

觉，那些拱顶上的直指云霄的十字架，让人觉得自己仿佛置身在欧洲的中世纪。教堂里，有两个穿法衣的白人神职人员在用英文说话，前面台子上的玻璃杯里，装着红色的液体，下面近百人立着听，我想他们大概是在做弥撒。忽然，庄严的音乐响起，全场齐唱，一下子有种神圣感降临，仿佛整个人都浸润在"圣灵"（Holy Spirit）之中，让并非基督徒的我也不禁为这种宗教的神圣和恢弘而感动。

音乐止，人们与周围的人互道"peace"。宗教让人的生命升华，你不是只为几十年的柴米油盐而活，你为永恒而活，为神而活。宗教让人有归属，"你不是一个人"，精神上上帝与你同在，现实中有教友和神职人员构成的人际关系支持网络。

我一下子明白了1号线上那个老太太的行为了，为她的信仰而感动，也羡慕她有信仰的支持。天下之大，人之所信或有可商，而心之至诚则足以动人，就像摩西，手拿一个藤杖就只身去埃及拯救自己的人民，因为相信神与他同在，终能跨越山海险阻，奔赴应许之地。不管你是老态龙钟还是笑靥如花，重要的是信仰，"只要信，就必得"。这种精神是跨越文化的，北山愚公，叩石垦壤，终以其诚感动上帝，卒移太行、王屋，其理同也。

教堂外是商业社会，教堂内是神圣庄严的救赎之地。

2010 年 9 月 6 日

大丽花

宿舍前面的道路两边前不久移栽的大丽花开放了，这些大丽花，先天不足，后天失养，因而植株瘦弱。虽然这都抑制不住它们开放的渴望，但花朵毕竟开得有些单薄——给它们一贯的热情洋溢和激情四射蒙上了一层淡淡的疲惫——像是熬夜的belle^①，使得看到它们的人不忍阴郁，否则就很可能会在她们强作欢颜的绚烂面前自惭形秽。然而我喜欢的大丽花不是这样的。

大丽花产自热带，是墨西哥国花，拉丁文名字 Garden Dahlia，在中国又称大理花、天竺牡丹、东洋菊——挺奇怪的，大理在云南，天竺是现在的印度，东洋在国内无非指日本，一个花儿的名字牵连这么多地方，从东到西。

细碎的考证是不必要的，总之，我喜欢大丽花！记得第一次看到大丽花，那是在七八年前了。有一次我在上派，从青年路横穿县委大院往巢湖路去，因为心情阴霾，我低头无聊地走着，忽然无意间有一种亮色扑入眼帘，我抬头一看，几株高大

————
① 法语词源词，意为"美人"。

肥壮的植物的顶端和侧枝开满鲜红色、暗紫色的花朵，那些花朵，如此之大，如此之繁复，如此之绚烂，花团锦簇、姹紫嫣红，使我惊愕。它们在阳光下灼灼其华，开放得那么热情洋溢、肆无忌惮，仿佛内里有一种被压制的激情要爆裂出来。我第一次被花儿震慑，任何的阴郁在它们面前都烟消云散，甚至都不好意思回来了。一颗植物都能那么热情，作为"万物之灵长"的人，我们为什么不能把生命之爱推到绚烂的极致？

七八年的光阴如水般逝去，我再也不曾见到当年上派的大丽花了，然而我怎能忘记第一次见到大丽花时的心情？亭亭玉立的情影历历在目，怦然心动的感觉历久弥新。忽然想到张爱玲的《半生缘》，多年后曼桢再见世均时说的那句"我们都回不去了"，不禁一阵悲凉。

泰戈尔的《第一次手捧素馨花》（*The First Jasmines*）的首句似乎是本文的合适的结尾。

Ah, these jasmines, these white jasmines!

I seem to remember the first day when I filled my hands,

with these jasmines, these white jasmines.

2010 年 9 月 16 日

掐死那些"小飞人"

多年以前，我遇到一个人，自称是云南人。他说，他们那儿有一种蘑菇，可以致幻，吃了以后，就会感到有一些小人在头边飞来飞去，你吃饭时就跳到你碗中，和你争食，或者把食物搞脏，让你无法吃，这些小人，外人是看不见的，可是那些沉溺幻觉中的人就会因此饿死了。当时我觉得挺好笑的，难以相信有这种荒诞事情，云南有种蘑菇很鲜美，做的汤，可以把人喝到胃破裂，确是听闻过，[①] 致幻蘑菇也不稀见，但哪有幻想的小人争抢食物，因而饿死人的？何其怪哉！

后来我读书渐多，才觉得这是个很"真实"的故事，重要的不在是否有这种蘑菇，而是这个故事反映的人类的普遍心理，即亚里士多德《诗学》中所谓的"带普遍性的事实"："指根据可然或必然的原则，某一类人可能会说的话或会做的事。"这种事实不一定具体发生过，但符合发生的可能性与必然性，是

---

① 阿城《思乡与蛋白酶》："……我觉得最鲜的还是中国云南的鸡㙡菌。用这种菌做汤，极危险，因为你会贪鲜，喝到胀死。"

具有普遍性的哲学意义上的事实。在《圣经》有它们的影子——little creatures with wings，在希腊神话中有它们——Harpia。《荷马史诗》和《神谱》都记载了这种人面鸟身的会飞的怪物，它们名字的古希腊语意思为"抢夺"，它们最广为人知的故事是作为"宙斯的猎犬"去惩罚色雷斯国王菲纽斯（Phineus），和前面说的幻觉小人抢食一样，只要菲纽斯一打算进食，它们就突然出现，把食物抢走，或者排泄恶臭的粪便在食物上，让其无法食用，直至将其活活饿死。闲翻《廿二史劄记》也看到有一个相似的故事，明朝伊王世子朱典楧"索郎中陈大壮屋，不肯，则使数十人从大壮卧起，夺其饮食，大壮遂饥死"，与之前听说的幻想的小人争抢食物的故事亦如出一辙。

我们周围其实也活跃着很多这样的"小飞人"，虽然不至于让你饿死，但他们总是让你不能干想干的事，用诱惑你沉溺无聊的事的方式来抢夺你时间，慢慢消耗你，直到你时光耗尽，一无所有，一切都完了。比如你想早睡早起，这些小人，就会怂恿你晚上上网打游戏到凌晨一两点，早上恋床到中午十二点；比如你打算好好生活，这些小人就会怂恿你，从懦弱到懒惰再到逃避。这些小人无处不在，如影随形，挥之不去，与你同食同寝，诱惑你偏离正途，并在歧路上越走越远，直到日暮途穷。

有人问理学大师程颐，有"常见狮子扑来"的幻觉怎么办，程颐告诉他"你再见便伸手捉"，如是几次，其人"后遂不再见有狮"。直面问题，才能降伏心魔。掐死那些小飞人，才能从它们手中夺得自己的饭吃，掐死那些小飞人，自己才能做自己的主人。

2010 年 11 月 29 日

那些泡图书馆的日子

　　说了你可能都不相信，我在北京的时候，连长城、故宫都没去过，甚至离学校只有两站路的颐和园也没去过。至于北京的景观，去过一次天安门，是因为参加学校组织的60周年国庆群众游行，去过一次圆明园，是导师组织师门去参观一个关于"样式雷"家族的展览。当然北京景点我路过的最频繁的是北海公园，因为国家图书馆文津馆（古籍馆）就在北海旁边。我无法忘记文津馆古色古香的建筑，尤其是那些斑斓的藻井，还有暗红色的桌子和桌上碧绿灯罩的台灯，每本线装书从精致的匣套中拿出来，淡淡的墨香，古雅的墨迹，引我沉浸在一种唯书忘我的境界中，外界的纷扰和生活的困苦以及前途的渺茫都可以被暂时搁置起来。印象中古籍馆总是出奇地安静，在偌大的阅览室中，每次都没几个人，而且一般都是头发斑白的老者，戴着厚厚的眼镜，紧贴着书本，一页一页地翻看。

　　国图紫竹院公园那儿的新馆，分两部分：一部分是一幢苏式建筑，藏的都是库本书还有外文书，要预约，凭卡借阅；另一部分是一个样式别致的现代建筑，藏的都是最近几年出的新书和报刊，可以随便阅览。我常去借库本书看，一般的书都可以很容易借到，一边翻看借来的书，一边等着预约的其他的书，总是期待借来的书有自己想找的东西，可是往往失望。但也有找到好东西的时候，那种感觉简直可以让人雀跃一整天，有时候可能花几天时间只为找一则材料，一旦找到真有"众里寻他千百度，蓦然后首，那人却在，灯火阑珊处"的感觉。因为当时打算考荣新江先生的博士，所以去敦煌与吐鲁番文献馆很勤，里面很安静，人很少，大部分时间都只有一个管理员和我两个人。管理员有时候是个男生，有时候是个女生，那男生我有次看一个英国的学术通讯上有他的照片，根据英文发音，我猜想他的名字大概叫刘波。那个女生我一直不知道叫什么名字，我每次借书，就把书名写给她，为了方便阅读和互相参照，我一般都一次借好几本书，她拿着书名就进库房去找，然后搬出来。那些文献每本都是一巨册，很重，所以每次看她搬得那么吃力都挺不好意思的。馆里面有一本羽田亨的著作集，虽然是复印本，但是国内也没几处有，因为做毕业论文的原因，我看了很多回。常常觉得日本人的学术真是做得很精细，很踏实，我们自己往往太浮躁，不能沉浸下来做基础且枯燥的积累。真正的学者要有勇气去不求闻达，皓首穷经——虽然羽田亨自己也是京都大学校长，但他是汉学研究的巨擘，治学以严谨著称，尤精于西域历史、语言、宗教、艺术，特别是具备强大的语言能力，为日本第一位兼通西域民族古文字的史学家，学术功力不是某些官僚化的大学校长们可以比肩的。

说起来，北大图书馆的藏书比国图还要丰富，据说是亚洲藏书最丰富的图书馆。因为既有京师大学堂的底子，又有燕京大学司徒雷登苦心收集的文献，还有老清华的部分资料，所以珍品荟萃，据说他们数学系学生随便借个习题集都可能是古籍"善本书"，噫吁嚱，文献之丰富不言而喻了。北大图书馆也是很有历史故事的地方，那儿有青年毛泽东读书的影子，还有作为馆长的李大钊的余音回响。但是现在燕园的北大无论在地理上还是精神气质上都似乎已经不是那个五四时代的北大了。北大图书馆是个有点日本奈良招提寺风格的建筑，里面开架的馆藏谈不上丰富，简直可以说单薄了，而且外校人进门还要收两元费用。从可以检索的目录来看库本书倒是有些好东西，但是每借一本要五角手续费，真正精华似乎都在各个院系的分馆中，因为他们的院系是有单独经费购书的，而且一般都是教师推荐购买，既有教授法眼挑选，又不差钱，自然质量很好。我就曾去中古史研究中心的分馆看过，那里的方志收藏之富，让我咋舌。但是因为以上种种借阅的不便，我对北大图书馆颇为失望，望洋兴叹而已，只去查过几次希腊语文献和祆教资料就再也没去了。

上次有个朋友说："此生吾志，定居杭州。"我以前看张岱的《西湖梦寻》，也觉得杭州是有风味的地方，不过若可以选择定居之地，我觉得还是北京好，且不说香山的枫叶，陶然亭的芦苇，也不说卢沟桥的晓月和碧云寺的桃花，单是北京各个图书馆和博物馆就值得流连一辈子了。

2013 年 1 月 10 日

国庆随想之北京篇

上午在国图看书，因为圆珠笔没有油墨了，于是决定出来转转，顺便买支笔。外面阳光很好，天气也比早晨暖和，久违的温暖和惬意，使我仿佛回到十几年前无忧无虑的时光。国图门前的广场空落落的，没有几个人，看惯了街上、校园和食堂里的万头攒动，才发现这是多么的难得。高高的台阶两边都摆放着红的、黄的花，大概都是庆祝国庆的遗留吧。有一种盆栽的植物，红红的叶子，很像家乡的红苋菜，让我想到幼时吃红苋菜的景象：把它们的嫩头掐下来炒吃，连汤汁都是紫红紫红的，把饭也染红了，吃得满口通红。这时候妈妈会叮嘱"不要滴到衣服上"，至于有没有滴到衣服上我记得不真切了，大概是有的吧。

这样一个安静的中午，手机也丢在宿舍，不会有人找到我，也不必去想宿舍里的无聊的事情，也不去担心老师安排的作业，女友的心情、父母的身体，以至于自己的健康、未来的出路、经济问题也全可不必想，偷得片刻闲暇，看看书，沉浸在臆想中，便觉得自己是个自由而幸福的人了。

　　信步走到国图旁边的小公园，中间有两棵古茂的银杏树——看起来不比我中学母校的那棵百年银杏年岁小——上面挂着北京市绿化局 2007 年制的牌子，写着"古树一级"，树叶不算太繁茂，但还是生机勃勃的样子。还有一座龙的雕塑，小巧精致，但一点龙的磅礴之气都没有，像个孩子的玩具，一看就是日本的风格——印象中日本的东西总是这样，可爱小巧但没有气势，就像日本的小姑娘似的。后来看了龙身上的题记，果然写着"日本国冲绳岛常贺"。下面台基上有任继愈先生题的"和平龙"三个字。

　　经过上跨中关村大街的人行天桥，看底下车水马龙、行人络绎，不远处卖烤红薯的老大爷熟练地从炉中掏出烤熟的红薯，感到饥肠辘辘的我，隔着百十米远仿佛就闻到了甜糯的香气。这才记起自己自晨至午不曾吃东西，半日不食，饥饿感已经如此强烈，忽发奇想：如果大城市要是被围城断食那会有怎样的景象，会不会人相食？下午读徐世溥《江变纪略》记金声桓、王得仁反正抗清，清军围困南昌城时"城中米至六百金一石……禽鼠草根木实悉尽，遂杀人而食。……国中非什伍成群不敢行，交衢直巷先有瞭者，以隐为号……曰'有翅'即带刀者，曰'无翅'即无器；曰'有尾'者即群行，曰'无尾'即独行者。闻无'翅'与'尾'者，即共出擒而杀之。其始独兵食老弱及病者，渐乃择人而食。民……亦复群聚掠兵为粮。后更不择人而食，至父子夫妇相啖矣。……城破后，廨宇存者，人脂薰髀尚充牣云。"其他文献上关于长期围城之惨状的记载也大体类似，如《旧唐书·张巡传》记安史叛军围唐将张巡坚守的睢阳时"攻围既久，城中粮尽，易子而食……巡乃出其妾，对三军杀之，以飨军士。曰：'诸公为国家勠力守城，一心无二，经年乏食，忠义不衰。巡不能自割肌肤，以啖将士，岂可惜此妇，坐视危迫。'将士皆泣下，不忍食，巡强食之。乃括城中妇人；既尽，以男夫老小继之，所食人口二三万"。外在危机的压力一旦超过维持秩序的社会整合力，人类文明表面温情脉脉的面具就会被无情撕破：不管你是天生丽质、冰雪聪明的女子，还是博学多识、道德高尚的长者，或者可爱的孩子，或者懵懂的少年，都可能被掌握暴力优势者开膛剖腹、连汤带水吃下肚。所以人，作为一个整体是残酷的，对于人性中的残酷，不能忘记。

　　回去的路上看到沿街店铺都挂着鲜艳的国旗，看着满目横插于门前的国旗，既为国家繁荣昌盛而感到荣耀，也为能生活在国泰民安的大时代而庆幸。不禁感慨北京这座历史名城的今昔之变，忽然很有历史的沧桑感：北京真是一个历史的大舞台，一幕幕历史的活剧在上面上演。记得多年前看过鲁迅先生的《头发的故事》和《马上日记》描写北京街头到处挂着北洋政府"五色国旗"的景象："……北京双十节的情形。早晨，警察到门，吩咐道：'挂旗！''是，挂旗！'各家大半懒洋洋地踱出一个国民来，掀起一块斑驳陆离的洋布。"于是就"满街挂着五色国旗，军警林立"。在那个混乱而幽暗的时代，何止是"五色国旗"，还有张勋复辟时的"龙旗"，张作霖安国军政府的"大元帅旗",国民政府的"青天白日旗",甚至日本人的"日之丸"都轮番在北京街头悬挂过,听说李自成和清兵入北京时,家家户户门前虽然不插旗子,也都插个布帆(或者门上贴上字条),上面写着两个大字"顺民"——真是"城头变幻大王旗"。旗帜的变化很多时候只是政治权势的转移,而普通民众的命运却还是照旧延续着暗淡和沉重的色调,如鲁迅在《革"首领"》中写的那样,"在五色旗下,在青天白日旗下,一样是华盖罩命,晦气临头"。在成为共和国的首都之后,这座古老的城市终于迎来了旧都新命。

2010 年 10 月 1 日

病中呓语

有一些事，健康者或病人是不觉得的，也许遇不到，也许太微细。到得大病初愈，就会经验到。——鲁迅《这也是生活》

前段时间偶染小恙，病榻无聊，读书度日。手边只有两本书，一本是陈寅恪《金明馆丛稿初编》，一本是街头三元一本的蓝皮书《曾国藩家书》。陈的书过于艰涩，并非消遣时光的好选择，于是随手翻翻《曾国藩家书》，书中有一句话，大概意思是说，人要敬天顺命，不要怨天尤人，才是养身处世的要诀。颇觉有同感，自己一直以来总是欠平和，总是抱怨：自己与人相比，教育背景没人好，家境没人好，学问没人好，气质没人好，身体没人强健，见识没人开阔——总之是觉得自己样样不如人，自怨自艾；还为自己的不进取找到借口：比如学问不如陈寅恪是因为不是出于巡抚之家，功名不如曾国藩是因为没有遇上洪杨之乱。

晚上有朋友发短信来问我身体是否好转，我自己都快"好了伤疤忘了疼"了，亏得还有人记得，还介绍了一个得自其妈妈的单方——有效与否且是其次的，这份情谊已是让我感动莫名了。这世上有些人，也许不经常联系你，也许很长时间相互不见面，也许在千里之外，但只要知道世界上有他们的存在，你就相信世界上除了GDP、SCI、CPI，除了争夺、伤害、纠纷外，还有一颗清澈纯洁的心灵。因为他们的存在，让我不敢懈怠，让我充满希望，让我信仰美好。我真希望自己有一天能有所成就，不辜负他们的期望。其实这也不必要，"但愿人长久"，只是希望都健健康康的，各自过得好些，或者生命的轨迹偶尔有个交点，见个面，聊聊天，不就很好了吗。上帝是仁慈的，人生充满苦难，所以他要给我们一些美好的东西调剂一下——但不要贪心。

真的希望关心自己的亲人、朋友能过得好好的，哪怕自己过得差些也无所谓，人生很短暂，不就几十年吗？庄子说"白驹过隙"，忽然一下子就过去了，金玉满堂、如花美眷，生命一终结都会一朝散尽；倾国美色、八斗高才，生命一终结都化为灰土；不管你红粉佳人还是风流才子，到头来都是黄土陇头一把土埋了。把握好现在，生命中真正对自己重要的人就那几个，说对别人好，未免有些自大了（你凭什么对人好呢？），把自己搞好不让他们失望、担心就很好了。去恶向善，做好当下该做的，就是对永恒负责了。

南齐的范缜说："人生如树花同发，随风而堕，自有拂帘幌坠于茵席之上，自有关篱墙落于粪溷之中。"很多事情都是命定如此，不易改掉了。"往者不可谏，来者犹可追。"接纳不可改变的，珍惜现有的美好，争取更好的可能，以出世之心做入世之事。转念一想，自己若投生于巡抚之家，也未必就能成陈寅恪，或成一纨绔子弟，斗鸡走狗，放浪形骸也未可知。若遇到洪杨之乱，为兵或膏锋锷，为民或填沟壑也难预料。不如做庄子笔下"曳尾于涂中"的小乌龟，即使处境不顺，如若能忙里偷闲，苦中作乐，也就不觉困厄了。

忽然之间，觉得自己其实也是不错了。自己左眼不好，陈寅恪左眼也不好；曾国藩有牛皮癣，我没有，嘿嘿，比他还强一着了。

2010 年 10 月 5 日

命运的岔路口

如果没有命运的话，为什么我们在一生的无数次选择中，注定选择一条一直走到今天的路？人生路就好比一条有无数岔口的山路，岔口之后又有无数的岔口，我们自己的人生就是在这无数岔口中，不断选择出来的那条路，而命运不就是决定我们在面对岔口时是向右还是向左的内置程序吗？我不知道为什么我们都要在这山路上跋涉，有人说山外面是一个美好的世界叫天堂（或者极乐世界），有人说我们是在等一个叫"戈多"的人（但没人知道戈多是哪个，也不知道为什么找他）。还有人说，我们就只是为了看看路边的花，或者有幸会遇到一个命运与你有交叉的人，然后一块走下去，也有人说为了登到最高峰，可以看到别人看不到的大境界。

古希腊传说有个叫赫拉克里斯的人，有次在走路时，遇到一个岔口，有两个女神，一个朴素的美德女神，一个妖冶的恶德女神，分别代表美德和享乐，她们各自劝赫拉克里斯踏上自己的道路。赫拉克里斯选择了朴素庄重的美德女神指引的路，后来成了英雄。我们在自己的岔路口也常有人劝我们，我们到底走哪个岔路口？一旦选择定了，我们人生的路就会全不同了，只是你当时并不自知。就如陶杰在《杀鹌鹑的少女》中写的那样："当你老了，回顾一生，就会发觉：什么时候出国读书、什么时候决定做第一份职业、何时选定了对象而恋爱、什么时候结婚，其实都是命运的巨变。只是当时站在三岔路口，眼见风云千樯，你做出选择的那一日，在日记上，相当沉闷和平凡，当时还以为是生命中普通的一天。"

中国有句古话叫"歧路亡羊"，路的岔口太多了，迷途的羔羊就找不到归路了。比选择更难的是克服对未知的恐惧及承受人生意义的虚无，我们时常畏惧、退缩，战战兢兢，因为看似花团锦簇的路，可能在不远处就是万丈深渊或者待着一个斯芬克斯问你危险的问题。我们如履薄冰，因为我们不知道何时山上会有巨石滑下，或者自己补给不足，饥渴而死，或者失足于万丈深渊，或者困惑于致命问题而死。但我们都得走，因为别人都在走。然而总有一天会日暮途穷，找个地方蜷曲下来，沉浸在永恒的安境中，可能在身边开出几朵野花，以后路过的人，也不会在意，不会悼念——因为这样的事太多、太平常。

如果我们不选过去的那条岔路，现在又会怎样呢？在哪呢？有什么样的心情和谁在一块？如果我不选现在的岔口，我未来又会怎样呢？在哪呢？有什么样的心情和谁在一块？除了命运没有解释，当命运的巨大阴影显现时，我们将知道我们都是任他无情摆布的玩物。最后把弗罗斯特（Robert Frost）的 "The Road Not Taken"（《未选择的路》）① 送给所有在人生岔路口徘徊的人：

Two roads diverged in a yellow wood,

And sorry I could not travel both

And be one traveler, long I stood

And looked down one as far as I could

To where it bent in the undergrowth.

黄色的树林里分出两条路，

可惜我不能同时去涉足，

我在那路口久久伫立，

我向着一条路极目望去，

直到它消失在丛林深处。

Then took the other, as just as fair,

And having perhaps the better claim,

Because it was grassy and wanted wear;

Though as for that the passing there

Had worn them really about the same.

但我却选了另外一条路，

它荒草萋萋，十分幽寂，

---

① 译者为顾子欣。

显得更诱人、更美丽；

虽然在这两条小路上，

都很少留下旅人的足迹。

And both that morning equally lay

In leaves no step had trodden black.

Oh, I kept the first for another day!

Yet knowing how way leads on to way,

I doubted if I should ever come back.

虽然那天清晨落叶满地，

两条路都未经脚印污染。

呵，留下一条路等改日再见！

但我知道路径延绵无尽头，

恐怕我难以再回返。

I shall be telling this with a sigh

Somewhere ages and ages hence:

Two roads diverged in a wood,and I—

I took the one less traveled by,

And that has made all the difference.

也许多少年后在某个地方，

我将轻声叹息把往事回顾：

一片树林里分出两条路，

而我选了人迹更少的一条，

从此决定了我一生的道路。

2011 年 2 月 9 日

行行重行行

离开北京还不到两个月，但是，回到合肥后，环境和心态都有很大变化，回想北京时的生活，真有恍若隔世之感。想到离别的前一晚，钱老师为珍子和我饯行，席间对于我们的谆谆教诲和殷切希望，真是让我常常午夜梦醒，问心有愧。

当时我送了钱老师一本书《殷海光林毓生书信录》，并在扉页上题了几句打油诗：

惜别（赠钱老师）

三年寓京华，今日返庐州。

浮云随我去，明月伴君留。

钱师谆谆语，点滴在心头。

敝邑少风雅，华胥作旧游。[1]

注释：

[1]华胥：即"华胥国"指代梦境。典出《列子》："（黄帝）昼寝，而梦游于华胥氏之国。"

在我临上火车时，钱老师给我发了短信：

送潘帅

吾门芸芸草，惟君一蠹鱼。[1]

鱼戏莲叶间，[2]甘辛自堪娱。

学海天地阔，何况在三吴。[3]

春秋其代序，[4]长空望雁书。[5]

谢谢送书用心，盼一切平安顺利！

注释：

[1]蠹鱼：本意是指啃噬书的一种昆虫，引申为嗜好读书的人。

[2]鱼戏莲叶间：语出乐府诗《江南》"江南可采莲，莲叶何田田，鱼戏莲叶间"，指悠游自在，自得其乐的样子。

[3]三吴：本指古代吴郡、吴兴郡、会稽郡等三郡辖地，后泛指长江中下游一带，这一地区自古以来学术繁荣。

[4]春秋其代序：语出《离骚》"日月忽其不淹兮，春与秋其代序"，指季节交替，时间变化。

[5]雁书：指书信。《汉书·苏武传》里面就有汉武帝上林苑射雁得书信的记载，又见（南朝梁）王僧孺《捣衣》诗："尺素在鱼肠，寸心凭雁足"。

（注释为笔者所加）

记得临行的那天晚上，陈戎女老师也来了，带着她的儿子

"毛头"。我一向敬重陈老师，可是总是在课堂上，在讲座上，和她抬杠。即使那一天晚上，我还是和她抬了杠，但她的学识和度量使得她不会以我为忤逆，反而给予我激赏。那天陈老师给了我很多建议，事无巨细，有学术上的，有为人处事上的，甚至包括个人生活上的。我知道钱老师和陈老师都是希望我从事学术道路的，对于她们的期望和鼓励，我都铭记于心，时时以为鞭策。但是世事纷扰，天下事多有不遂人愿者，我也没有办法。然而师长们的教诲，种子已经播下，但愿总会有灼灼其华，甚至有硕果累累的时候。

再见了！严肃而热心的钱老师，及其日本汉学；美丽而渊博的陈老师，及其《荷马史诗》和西方古典学；还有温和而严谨的段老师及其小说理论和叙事学。那天在火车上，路过淮河时忽然想到海子的一句诗，"面对大河我无限惭愧，我年华虚度，空有一身疲倦"。行行重行行，一路欲断魂。"我要做远方的忠诚的儿子和物质的短暂情人。"

2011 年 8 月 28 日

不过如此

我们幻想，我们行动，我们失败或成功，我们激越或是消沉，我们继续或是放弃，我们发泄或是隐忍，我们努力或是懈怠，我们热爱生活或是看破红尘。时过境迁，物是人非，只有门前的河水还是日夜不停，哗哗流去——"逝者如斯夫，不舍昼夜"，流去的都是最好的时光。

也曾读过万卷书，也曾走过万里路，云与月，尘与土，一路日夜兼程，惯看春月秋风。从东南到西北，从西北到华北，苍茫中原，烟雨江南，到头来，还是回到合肥熟悉的土地——这块土地几百年来，养活和埋葬了我一辈辈的先人。他们也曾打过长毛，也曾打过捻军，也曾打过土匪，也曾参加远征军打过日本军，也曾帮桂系国民党军打过日伪军，也曾帮解放军打过国民党军，也曾斗过人，也曾被人斗，也曾卖过自己老婆，也曾买过别人老婆，也曾富甲一方，也曾落魄失意。然后都死掉了，谁也不知道他们了，没有墓碑，连一丘荒坟都没留下。八月荒野上的杂草在夜风中呜咽，五月灿烂的野花在荒野上肆意地开放，我知道，荒野下面就是累累的尸骨，而正是他们滋养着野花野草。一首哀歌是多余的，一串纸钱也是不必的，他们早就习惯了无边的荒凉，他们不会化成娇柔的蝴蝶。在七月阳光下，翅膀猎猎作响的蚱蜢们就是他们的精魂。

我现在回来了，继续他们的故事，有喜剧，有悲剧，有狭私，也有义气，有暴力，也有温情，有老者的死亡，也有幼者的出生。

末日只属于个人，而人类将延续下去，绵绵不绝——我们都在重复祖辈的命运，不管你愿不愿意，都逃不掉——人生不过如此。

2011 年 8 月 8 日

一棵芦苇的日记

　　合肥的夏天十分湿热，大概因为气压的原因，心口发闷，头脑发晕，懒得动弹。地理决定论的信奉者们相信：一个地区的人的精神气质是由当地的地理和气候环境塑造的。以前觉得这种论断有点武断，现在想想也是有些道理的。比如天太热了，人就懒得动——不仅是身体懒得动，大脑也懒得动——有时候会觉得自己的脑袋空空如也，好像是肩上扛着个大南瓜。

　　笛卡尔曾说过，"人是一棵会思考的芦苇"（前面还有很长一段，后面也还有很长一段，只是我就记得这一句了，有点断章取义，不好意思）。如果他的话不假，那么据此逻辑：芦苇是一个不会思考的人。那么我这样大脑一片空白，懒得思考的人，不就是一棵芦苇吗？

　　我走在小城的大街上，迎面有目光呆滞的人，有睡眼惺忪的人，有得意洋洋的人，有盛气凌人的人，有黯然神伤的人，也有嘴角带笑的人；有穿黄马甲的环卫工人，有身带刺青的黝黑少年，有衣冠楚楚的提包的人，也有衣衫褴褛的流浪者，有行色匆匆的上班族，还有满身污渍的建筑工人。然而我觉得他们肩上也都扛着一个南瓜——因为没有一个脑袋看上去里面有笛卡尔式的思考——哈哈，和我一样，都是芦苇，仿佛觉得迎面而来的都是一排排的芦苇——那么我们的小城不就是一个"芦苇荡"了吗？

当我正在为芦苇荡这个比喻的精妙而得意的时候，在巷子里遇到一只流浪狗，一只肮脏的、夹着尾巴的、眼神带着"哀求"或是"怨恨"的流浪狗。我是知道的，"哀求"和"怨恨"本是相通的——我仿佛看到它咧嘴一笑："别看我是小小狗，不高兴就咬你一口。"于是我和它对峙起来。我在计算：我有两种选择，直接走过去，或是从其他地方绕过去。第一种选择的结果有两种：一是我安全通过，花费十分钟到达目的地；二是我被它咬一口，我得去医院，打狂犬疫苗，经济上要支出近五百元，时间上我要往返医院若干趟，以往返五趟，每趟一小时计算，要耗费五小时。第二种选择的结果是：我安全通过，花费二十分钟到达目的地。假设，流浪狗咬我的概率是50%，则我第一种选择所要承担的是：两小时四十分的时间加二百五十元医药费。第二种选择所要承担的是：二十分钟。很明显，我果断选择绕道走。忽然觉得伟大的博弈论也不过如此，窃笑。

我走到公园，在人工湿地里看到一片真正的芦苇，一个个蓬勃向上，叶子挺拔如剑。仿佛叶子上还有昨夜的露珠在滚动——如此的生机勃勃，让我这个"山寨"的芦苇汗颜。芦苇在天地间，幕天席地，不要买房子住，不要吃饭，真是逍遥如神仙。哦，看来芦苇不是好当的。

　　回来的路上，看到一辆汽车的后面贴着一个写着调侃时事的车贴，不觉哑然失笑。用普通人的凡俗趣味去解构历史潮流的宏大叙事，到底是宏大叙事的世俗转向还是对历史潮流的庸俗矮化？想到了现当代文学史中的叙事范式"革命加恋爱"，可能这是五四以来时代叙事主潮与个体浪漫想象最容易结合的话题，散发着"革命罗曼蒂克主义"的色彩，且在不同的时代排列出不同的光谱——觉得不错。或许凡俗的调侃是普通人参与宏大叙事最可能的方式，芦苇不用说话，而人总要有所表达，否则会"嘴巴里淡出鸟来"。

2011 年 8 月 15 日

夏天过去

　　早上雨后湿湿的风一吹，顿然生出几分凉意，原来夏天已然悄悄过去了。暑气虽然消退，似乎倒并没有预想中清新愉悦的心情。一个暑假都在百无聊赖中度过，感觉自己仿佛一块废铁在湿热的环境中慢慢地锈蚀，真是"闲人就是废人"。几年奔波后，终于回到合肥，本来打算访朋问友，然而忽然觉得，天下就只有自己一个闲人，其他人各有自己的事情，自己真不好意思去打扰，或者即使见面，也会除了几句客套话外，其他的又无从说起了，勉强说几句也是言不由衷。忽然听到一首歌《越长大越孤单》，觉得很有感慨，其实孤单也没有什么，主要是要找点有意义的事情做，只有每天觉得自己都在成长，才会有生活的乐趣，否则，每天重复千篇一律的苍白，生活就成了一潭死水了。

　　读陈寅恪的诗"一生负气成今日，四海无人对夕阳"，真有让人羡煞的骨鲠之气。我最佩服陈先生的就是他的独立思想和自由人格，虽于天崩地坼、沧海横流之时，也能淡然自持，不屈学阿世。然而陈先生岂是人人可学的呢？他有"自持"的资本和底气，然而一般草根贱民，若是不识时务，大概只会"零落成泥碾作尘"，虽有"香如故"的虚誉，又能当得了什么？所以庄子宁愿做"曳尾于涂中"（就是在污泥里乱爬）的小乌龟——虽然卑微，还是可以好好活着，其实好好活着也不错，《麦田守望者》的作者不是说吗：不成熟的人为理想壮烈牺牲，成熟的人为理想卑微地活着。

有时候觉得，不靠谱的东西太多，但人生也不能陷于虚无，人生总还是要找些乐趣，要有点忙里偷闲、苦中作乐的闲情雅趣，否则我们怎么面对每日苍白的生活呢？我觉得所有事情中，知识给人带来的乐趣是最健康、最持久的，所以读书就是最有益的消遣，不但是我们击退永恒寂寞的有力武器，也是我们自身提高的不二法门，黄庭坚说，"三日不读书，即面目可憎，言语无味"。虽然有人会觉得书读多了会有"冬烘"之气，但是，我想说的是，有"冬烘"气的人不读书也决不能成为聪明人，根本就是他个人的问题，怨不得读书。天下书呆子，都绝不是因为书读得多，而是因为书没有读得通、读得透，甚至还恰恰因为书读得少。自己书没读好，还抱怨书，真可谓"恶人先告状"。读书总会有益处，有人会觉得自己读的东西用不上，那是食而不化，不能由此及彼，圣人所谓"举一隅不以三隅反，则不复也"。其实只要书读得通透，世间很多问题也都会豁然开朗起来，就是韩非子所说"深智一物，众隐皆变"，只要能把一个东西搞懂，其他东西也就能触类旁通，因为天下道理都是一样的，所谓"术有千变，道有唯一"。用现在的话说就是能力的培养。"腹有诗书气自华"，此话绝对不是迂腐之谈。

很喜欢张东荪的四句诗（尤其是前两句），虽然张东荪在政治上晚节不保，但其诗十分精辟，有一语直指人心者："厌世攀天无一可，但将诗境慰此生。万象缤纷默坐时，虚廊淡月耐长思。"

2011 年 8 月 29 日

起风的时候

　　起风了，窗前有株高大的白杨树，一树的叶子都兴奋地招展，像是无数个好动的孩子快乐地摇动着自己的小手。忽然想到小时候，每一个像这样孤单的傍晚，独自仰头看那些风中招展的白杨树的叶子的情景——唉，我已经很长时间没有这样独自呆看这些风中摇曳的精灵们了。

　　很多年过去了，这些白杨树的叶子还是在风中摇得那样起劲，一点都没有显出老态，原来时光对它们是无谓的。然而时光对于看树叶的孩子却是有所谓的，它带走你的童年，还有青春，留给你褪色的记忆、淡淡的闲愁和无奈的叹息。从遥远地方而来的风让人的思绪也随风飘摇，越走越远，越过悠悠的岁月，回到那些未曾雕琢过的时光。

　　岁月流走就像小孩子总要长大，无可阻止，也无可挽回，我看过很多悲剧文学作品，其实不管是"英雄末路"还是"美人迟暮"，大多的悲剧都有一个母题：岁月无情。岁月流走让英雄衰老，"廉颇老矣""冯唐易老"不都是上演着这种岁月无情的悲剧吗？就是口出豪言"老夫聊发少年狂"的苏轼，不也抗拒不了时光的流走吗？岁月流走，红颜老去，白雪公主都会变为嫉妒的皇后，最后老成一个瘪嘴的老太太，一脸的皱纹沟壑一般掩盖曾经的容颜。所以王国维说："最是人间留不住，朱颜辞镜花辞树。"良有以也。

又是一阵风起，这风从宇宙洪荒一直吹到如今，吹过多少田野中劳作的农人，吹过多少寒窗苦读的士子，吹过多少秋扇见捐的怨妇，吹过多少春宵苦短的情人。吹过小桥流水，吹过王谢堂前。吹出了庄子的"扶摇直上九万里"的奇思幻想吗？吹出了刘邦"大风起兮云飞扬"的踌躇满志吗？吹出了薛宝钗"好风凭借力，送我上青云"的精心算计吗？吹出了南宋君臣"暖风熏得游人醉"的颓靡享乐吗？吹出了冯延巳的"风乍起，吹皱一池春水"的闲愁无聊吗？

暮色将近，我想但愿这风吹散浮云，吹出一片干净的天空，这样，夜晚来临的时候，可以看到满天的星斗，我想大概秦少游也正是看过千年前同样的夜空才写下《鹊桥仙》中"银汉迢迢暗度"的辞句吧。

2011 年 9 月 27 日

此去经年

　　回想这些年一直在路上，一路匆忙，都没有时间看路边的景致，现在算是暂时静下来，再去回想以前，总觉得一切的"三十功名尘与土，八千里路云和月"都如天际的孤鸿，愈行愈远，渐渐无迹可求，只留下一个影影绰绰的印象。

　　曾经在淮河的渡轮上怅然若失地看着如血的夕阳渐渐沉入远处淡墨色的山峦后面，悄无声息。涨水时节的淮河水，浩浩汤汤，两岸有寥落的村落和茂密的庄稼，孤独的"安澜牛"塑像突兀地耸立在灰蒙蒙的天空下，就像我灰蒙蒙的记忆。

　　曾经在西安的古城墙下，走投无路，饥肠辘辘，看着路边打着"羊肉泡馍""春发生葫芦头""岐山臊子面"招牌的店铺。千年古都的遗韵对于一个落寞的外来者，是不能引起思古之幽情的。棋局般的街道，绮丽的钟鼓楼，热闹的回民街，都只能是匆匆而过的景致。

　　曾经在千阳冰雪封山的重峦叠嶂中蜿蜒盘旋的公路上经历惊心动魄的旅途，公路的下面就是万丈深壑，眼睛不敢往下看，只敢仰望对面大雪装饰的山头，一个个庄严威仪，像佛陀的脸。然后在冰天雪地的大西北的冬夜，住十元一晚的肮脏的冰窖般的旅社，整个城市都被雪覆盖了——我记得那是2007年的冬天，那年雪很大。

曾经在北京天安门广场上，看如织的游人和长安街上车水马龙，中南海威严的新华门中"为人民服务"的影壁。王府井繁华的商业街鳞次栉比的建筑和奢侈品店中遥不可及的天价商品让我觉得：城市越繁华，个人越落寞，建筑越威严，生命越卑微。

也曾在可以算是中国最简陋的小学校和学生们一起解题，也曾在北京高等学府的课堂上聆听中国最知名学者的传道授业。也曾为了买一本书跋涉几十里艰险的山路，也曾在国家图书馆和北京的高校图书馆内中外图籍任手取阅。

曾经在天水的伏羲庙中，叩问伤痕累累的千年古柏自己未来的命运，然而即使创制了八卦的伏羲又岂能看到每个人的命运？

如今在合肥三孝口的天桥上，我有时真是四顾茫然，这个将要建成"科学发展新引擎，和谐社会首善区"的"滨湖型区域特大城市"，将是我流浪的终结之地？这有我留念的人，熟悉的风景，儿时的梦想，多年的记忆，让我感到安全，让我可以驻足休息。但是它又很陌生，总是似乎少了点什么。"合肥，合肥"，像一个发福的和善妇人，可以是个好保姆，然而不能作为恋人。

外面夜色如漆，万籁无声，追怀往事，既有今昔之感，又颇为苦闷彷徨。人生就是这样不断地希望，失望，再希望，再失望，循环不已。想当初我觉得要是能去北京读书就好了，去了北京读书后，又觉得学术氛围全不是我想的那样，不免失望了；又想回合肥，觉得要能回合肥就好了，然而回了合肥又觉得不像想象的那样，又不免失望。其实很多时候，我们还是对生活太奢求了，生活中有很多东西本来就是奢侈品，比如爱情啦，财富啦，荣誉啦，就好比鱼翅、燕窝，很多人一辈子没吃过，不也活得好好的吗？

2011 年 9 月 29 日

国庆随笔之合肥篇

去肥西疾控中心打疫苗，偌大的一座大楼，只看到一个中年的男医生和一个年轻的小护士，以及一个在一边闲玩的小男孩——我想大概是医生的儿子吧。我说明来由，那个小护士不是很耐烦，态度也不是很友好。我想，她们那个年纪大概就是脾气大吧，而且国庆节假日还要值班也挺不容易的，于是毕恭毕敬、小心翼翼让她打完针，还好不是很疼。她转身洗手去了，不知道是他们的卫生管理制度，还是嫌我脏——都无妨。

离开了疾控中心和那个小"南丁格尔"，因为天气不错，就信步转转。转到一家以前光顾过的旧书店，随便翻翻，发现有不少好书，但是最近有点茫然，不知道自己要买啥书看为好。于是和老板闲谈一会儿，他推荐几本版本学的书，我是早对那个没兴趣了——随手翻到一本李卓吾的《焚书》。这位李老先生，是很有几分狂气的，看他的议论，虽然非圣无法，离经叛道，但是文笔活泼可爱，很有生气，这也就是晚明时代才会有的气象。李老先生自称"和尚"，但是他祖上有阿拉伯血统，自己又和利玛窦等传教士有过交往，并有诗文赠答，所以呀，李卓吾是和三教都有关系，再加上他还中过举人，孔孟的书也读过不少，说是"四教通人"不为过也。

因为最近留心南明一代史事，于是随手拿了一本80年代末出的《桃花扇》。此书本是易得的书，不过，这本有插图，望之可爱，而且是繁体竖排，看着舒服——我不大喜欢简体字的古籍，觉得略失了古朴厚重的雅趣。这里面侯方域搞得像个英雄，哎，这些个才子们、名士们，北都倾覆，主上都已经殉国了，不励精图治，戮力王事，却还要搞党争，追究这个人历史问题，那个人作风问题。齐党、楚党、浙党、昆党、宣党、东林党、阉党，斗得乱哄哄的，就把江南半壁江山断送了，《明史》上说当时"国步艰难，于今已极。乃议者求胜于理，即不审势之重轻；好伸其言，多不顾事之损益。殿上之彼已日争，阃外之从违遥制，一人任事，众口议之"。真是不假的，文人清谈误国，自古皆然。有趣的是我们看看，吴三桂成了大汉奸、大贰臣，反而陈圆圆"一代红妆照汗青"；钱谦益成了大汉奸、大贰臣，反而柳如是留芳名于世，至今不乏追思者。而一部《桃花扇》不是在大奸大诈中托出一个血性女子李香君吗？哎，中国历史上，为啥男子总是没骨气，而只让女子去做烈女？不禁想到后蜀花蕊夫人的一句"君王城上竖降旗，妾在深宫那得知？十四万人齐解甲，更无一个是男儿！"无独有偶，《明季北略》记载农民起义军围攻长沙时兵吏皆逃，只有一女子执戈登城，问："众人不守，汝一女子何能为？"答曰："吾以愧天下之为男子者！"可是天下的男子是否被"愧"到，就不得而知了。何止是中国呢？英法百年战争时，法国都差点亡国了，关键时刻还是要靠一个弱女子"圣女贞德"（Jeanne d'Arc）去拯救法国。

又看到浙江政协文史资料委员会编的一本关于陈布雷的回忆文章集子，书店老板说只要十元，于是就拿回来翻翻。陈布雷是蒋委员长的幕僚长，蒋先生的很多讲话和文章都是由这位陈先生捉刀，而陈先生自己却没有一本著作问世（如果不算他的回忆录的话）。陈布雷以"一女不嫁二夫"来表达对蒋委员长的忠诚不贰，可是在淮海战役激战正酣之时，却服药自杀了，观其遗书，其对"党国"及蒋总裁个人的鞠躬尽瘁，直到油尽灯枯的忠心，让人唏嘘不已。宋子文曾对人说"Mr. Chiang does not need friends. He just needs subordinates."（蒋先生不需要朋友，只需要下属），可是从陈布雷的事情来看，蒋介石能如此得人死忠，能确立国民党内的领袖地位，不是没有原因的——自有其一套驭人之术。

有一套《春秋公羊传注疏》本打算买来，晚上打发时间看看，最近对公羊之学有点兴趣。我们太重《左传》了，诚然我也是推崇《左传》的学术传统：求事实、讲实证，但是公羊学"微言大义"的传统，是另个中国学术的源头，"不可不察也"。可惜书的品相不好，我想这书是易得的，当当网就可以买到，不如回头去买本品相好的。抛开《春秋》三传不谈，《春秋》本身就是本好书，据说是关羽最喜欢的课外书。关羽很厉害，死后成了"关帝"，不知道怎么的后来又安了一个兼职——武财神，我想做生意的也最好看看《春秋》，财神最喜欢的课外书，大概"书中自有千镒金"也未可知吧，一笑。

2011 年 10 月 8 日

简单生活

　　很多时候我们会感觉失落，甚至挫败，甚至无望。反躬自省，其实是我们要求太多了。因为迷恋繁华，所以才会有繁华摇落后的失落；因为期望一览众山小，所以不免有跌落谷底的挫败；因为觉得所有的幸福都是理所当然，所以一旦出现空缺，就会滋生绝望。社会往往通过贩卖焦虑和营造同辈压力（peer pressure）让我们就范，逼迫我们需要这个，需要那个，逼迫我们去争夺，逼迫我们心力交瘁。我想说："真的，我都可以不要，只要最简单的生活。"

　　有什么东西值得我们舍弃心灵的平静和长久的幸福？惟有简单的生活才能卸掉欲望的枷锁，体察人生的本味，呵护生命本真力量的火种。其实我可以简单地生活，简单到像我十岁的时候，会为一块美丽的鹅卵石高兴一下午，会为一片精美的糖纸雀跃一整天，可以自由地在收割过的原野上奔跑，头上有鸟儿，耳边有清风。《沉思录》上说，很多人抱怨祈祷不灵验，那是因为他们祈祷的方式错了，我们总是奢望太多，所以总难如愿，我们应该这样祈祷："求神，让我少些欲望吧。"

要简单地生活，克服物质主义的陷阱，亦不为内在欲望所驱遣，获得不役于外物的内心大自在。可以有乐趣，但不要沉溺于任何事情（除了求知），否则人就成了外物的奴隶，"智勇多困于所溺"，古人的这句话是没错的。佛家有"不三宿桑下"之义，实即不耽于物欲，古希腊斯多葛学派认为"一个人生活上的快乐，应该来自尽可能减少对外来事物的依赖"，皆同此理。

龙年我们放下龙争虎斗，简单生活吧。不强求，不造作，做好当下的事情，每天做一点点对的事情，就会汇集成善的溪流，会使得自己的感觉慢慢由僵直而软化，最后花团锦簇，生机益然。像罗素笔下的"自由人"一样："鄙弃命运女神的奴隶所拥有的那种懦弱的恐惧；崇拜用自己的双手所建立起来的圣坛；不对偶然性的帝国感到惊慌，让心灵从统治肉体生活的任性专制中解放出来。"

2012 年 1 月 29 日

万忧堂记

　　原来的宿舍马上被拆了，要搬到新的宿舍去住——小小的房间，说是斗室也绝不是夸张的修辞，斑驳的墙壁和淡淡的霉味，一床、一桌、一椅、几卷残书，此外别无长物。有一扇锈迹斑斑的铁框窗，上面的玻璃模糊不清，推开窗子来看，外面是高低错落的建筑，或是繁华，或是破敝，再远处是广袤的田野，或者还有隐约可见的山峦。

　　我焚起一支廉价的檀香，默坐斗室之中，神驰八荒之外，意游千古之间。然而无论于古于今，于万众福祉，于自身前途，于词章学术，于世道人心，郁结我心中千丝百结，挥之不去，解之不开的就是一个"忧"字。因而附庸风雅，将此斗室命名为"万忧堂"。或者有人说，"天下本无事，庸人自扰之"，是我自己矫揉造作，立异求高，或者有人说我"为赋新词强说愁"，故作姿态，无病呻吟，那都无妨。"知我者谓我心忧，不知我者谓我何求"，子曰"德不孤，必有邻"，我不能让芸芸万众都与我心意相接，或有一二知己，斯世当以同怀视之。

古诗上讲:"生年不满百,常怀千岁忧。昼短苦夜长,何不秉烛游!"然而,孤馆独眠,往来多白丁,谈笑无鸿儒,纵使秉烛夜游,又有谁能与共?且自小读圣贤书,虽不能做到如横渠先生所讲"为天地立心,为生民立命,为往圣继绝学,为万世开太平",但是"优哉游哉,聊以卒岁"般的消磨时光,扪心自问,诚不敢为。曹孟德酾酒临江,横槊赋诗:"何以解忧?唯有杜康。"我不能饮酒,酒未入喉,人已先醉,不知道杜康是否能浇胸中块垒,但从曹公平生功业来看——"设使国家无有孤,不知当几人称帝,几人称王!"——杜康解忧想必是曹公一时牢骚语,绝非真是教人饮酒弃世,不思进取。

"身无分文,心忧天下。"我之谓也。陆放翁言"位卑未敢忘忧国",古哲先贤尚且如此,我岂敢效纨绔子弟"斗鸡走马过一生,天地安危两不知"?孟子曰:"故天将降大任于是人也,必先苦其心志,劳其筋骨,饿其体肤,空乏其身行,拂乱其所为,所以动心忍性,曾益其所不能。"此不言忧而忧自在其中。有志之士生当今之世,而不常怀忧,真所谓"'陈'叔宝全无心肝"者,欧阳文忠公:"忧劳可以兴国,逸豫可以亡身",此语或为"万忧堂"之名深意所在。"先天下之忧而忧,后天下之乐而乐"此或为"万忧堂"主人万忧不辞之真正原因。

2012 年 2 月 29 日

与愚人共蓝天

 这个世界上有很多人，很愚蠢、很傲慢、很造作、很卑劣。很多时候他们扰乱我们的身心，让我们觉得生活没有色彩，未来没有希望，其实不是他们的错，是我们自己的错。你受不受他们的影响，他们就在那里，不增不减。我们痛恨、抱怨、争辩、诋毁、争斗，只会把自己宝贵的精力消耗在无谓的纷扰中，曾文正公《挺经》一部聊足借鉴，"咬定牙根"，挺挺就过去了。

 感谢他们使我知道自己是聪明的、谦逊的、朴实的、高尚的。我们最要苛责的不是别人而是自己，平心而论，这些年来，自己的失败难道不是自己一手造成的吗？难道命运没眷顾我吗？没给我机会吗？我们不要抱怨上帝创造了老虎，我要感谢上帝没给老虎插上翅膀。我们要把时间、精力放在去除自己的恶习、提高自己的修养上来，别人人性的缺陷我何必非要去管呢？难道我不是有很多事要做吗？难道我闲到像街角无所事事的市侩们一样以发掘别人的丑事为乐趣的地步吗？

 学会与愚人共蓝天，就是要关注自己多一些；学会与愚人共蓝天，就要把生活过得充实些，不要通过贬低人来得到乐趣；学会与愚人共蓝天，就是要自己有目标，接纳自己、喜欢自己，不要通过苛责别人来掩饰自卑，而是通过不断陶铸自己来实现内心的恬淡和不假于外物的大自信。很多时候，人不是被敌人打败的，不是被时代潮流打败的，而是被生活打败的，电影《一代宗师》中叶问曾感慨"四十之前，未见过高山。到第一次碰到，发现原来最难越过的，是生活"。我们为何不把怨天尤人的情绪和不合时宜的脾气放下，多关注生活，善待生活，善待自己。让自己可以愉快地过每一天才是人生的王道，即曾文正公所谓"养活一团春意思"之意。

也许每个人在人生的某个阶段都会有"独上层楼，望尽天涯路"的超脱状态，到时候你看看自己走过的路是落叶飘零还是芳草茵茵，也许就会明白只有生活过得好的人，才是真正的胜者，最大的赢家。至于纠结于一时的气愤而耗精疲形地去与不必要的"愚人"纷争不过是虚掷了时光、增添了戾气，有害于福泽，不利于健康，损智亏德，招仇引怨，绝非和合瑞祥之象。

2013 年

玄　想

　　晚上走在上派镇的青年路上，感觉一下子心胸开阔，步履轻盈，于是不免浮想联翩起来。我常常幻想自己做一名流浪汉，在春秋两季气候宜人的时候背着一卷铺盖穿行在城市和乡村之间，看惯城市的霓虹，听惯乡野的蛙鸣。或者做一个云游四方的小僧人，吃百家饭，穿百家衣，无两餐之食，无隔夜之财，脚踏着朝霞和晨露，头顶寒星和冷月。

　　可是在野外席地而眠的时候，万一遇到恶人，摘了肾，抓了去卖血或者当苦力，那就风雅不起来了。所以要有一个看不见的保护神随身护卫，恶人一旦近身，就跃然而出，露出狰狞面目，吓退恶人却不惊醒睡在道路边酣然的我。

　　人天然是流浪的动物，生物学家早就证明人类起源于非洲，之所以遍布世界，不是通过坐飞机和火车，而是经过一步步地流浪和迁徙。我以前很憧憬草原上牧马人的生活，逐水草而迁徙，可是在皖中丘陵地区做不到。过去有扎棚放鸭子的，赶着鸭子在乡间河流之间不断迁移，在空旷的野外搭个草棚睡觉；

还有放养蜜蜂的，追随蜜源，辗转千里，都是我向往的生活。

　　文明像一个牢笼把人类禁锢在城市和农业之中，像是把野生的猪放到猪圈中饲养一样，獠牙褪去，皮肤变得苍白，野性丧尽，一脸呆相，只能以卖肉见长，它们饮食自己的屎溺，啃噬同类的尸体，贪婪，苟且，虚弱而又无望。我时常有个梦境，城市在我的身边轰然坍塌，藤萝爬满钢筋和混凝土的残骸，街道和广场长满了杂草和灌木，而站在城市旷野中的人，重新长出厚重的毛发，生出锐利的爪牙，他们可以攀爬树木，泅渡河流，猎杀鸟兽，擒获鱼鳖，茹毛饮血，长啸当歌。

　　夜里做了一个新奇的梦，梦见店埠河里游着一群巨大的哲罗鲑，扑腾跳跃，激起了朵朵雪白的浪花。我的视野仿佛随着哲罗鲑展开，河面忽然变得开阔起来，河流变得清浅，两岸的硬化的水泥堤坝消失了，变成坡度和缓的草甸，点缀着盛开的马兰和红蓼。身后的城市化为一片海洋。

2014 年 8 月 29 日

梁园 ABCD

A

晚上本来有一大堆事情要做，可是忽然感到莫名的伤感在心胸中弥漫，心情变得湿漉漉、沉重重的，以至于什么事都不想做。于是读读《史记》，借以躲避现实的纷扰。听惯了窗外早上叽叽喳喳的鸟叫，晚上窸窸窣窣的虫鸣；也无数次看太阳从慎城大道东面的屋顶升起，然后在合蚌路西面的原野上落下；无数次走过振兴街破碎的路面，迎面尘土飞扬；无数次在石桥上看梁园大河水流淙淙，河中的水花生①发荣滋长，肆无忌惮地招摇着它旺盛的生命力，那河边的乌桕树默默不语，用年轮刻画着像河水一样流逝的时光。"子在川上曰：'逝者如斯夫，不舍昼夜。'"桓温北伐，看到当年手植的树木已经粗如盘钵，

---

① 本地又称"马蔬菜""革命草"，学名喜旱莲子草。苋科，莲子草属，多年生草本植物。生长在池塘、河坝、河沟内。

叹道："木犹如此，人何以堪！"——"静悄悄，乱纷纷，都输给了时间"，没有谁可以打败时间，红颜皓齿，终难逃时光的毒手，"最是人间留不住，朱颜辞镜花辞树"。——或许没有办法阻止时光流逝，只能过好每一天，就算是对时间负责了。

B

当千万朵星星在大梁园高远、深邃的夜空绽放的时候，诸神安歇，鬼魅不见，大地低首，默默不语。忽然让我感到宇宙的浩瀚和时间的无限，就像苏轼在《赤壁赋》中写的："盖将自其变者而观之，则天地曾不能以一瞬"。而自己那些琐碎的忧虑和纷扰一下子渺小到不值得一提了，天地广阔，时间悠远，我们都不过是一个过客而已。听邓紫棋的《后会无期》，觉得很好听，生活中有些人与我擦肩而过，有些人与我有过或长或短的相聚，当时我总觉得，等以后如何如何，总觉得来日方长，后会有期，然而后来都没有"以后"了。虽然交通方便，虽然讯息发达，但我知道注定要后会无期了，只能留存在一段时光的回忆里了。没有什么是不朽的，没有什么是永恒的，"没有常开不败的花朵，也没有永不陨落的星辰"，甚至最深刻的记忆也能模糊，最真诚的许诺也会淡忘，或许唯一值得珍惜的只是"交会时互放的光亮"。

C

任何事情我如果改变不了,我就把它想象成一种美好——推行秸秆禁烧工作,虽然起早贪黑,风吹日晒,磨破了嘴,跑断了腿,但还是觉得比在办公室轻松自在,逍遥快活许多。我可以在空旷的原野上自在地游荡;可以悠然地抬头看云卷云舒;可以从各种乡间人物那儿听到许多趣闻轶事;可以暂时远离办公室令人沮丧的繁冗庞杂;可以不必吃食堂让人难以下咽的午餐;可以轻松敷衍各种安排工作的电话——追踪一处火情,翻越田畦和沟壑,穿过树木和村庄,仿佛是一段浪漫的旅行,或者是一场诗意的探险。从办公室中挣脱出来,秸秆燃烧的烟火味闻起来让人怀疑那就是自由的味道。如果中午可以睡午觉,我觉得秸秆禁烧简直是一段梦幻般的休假,不必去马尔代夫,不必去巴厘岛,不必去索契或者巴登巴登,甚至厄尔尼诺耶罗岛,就在五月的末尾,六月的开头,就在东经 117.55505 度,北纬 31.99636 度的合蚌路旁。

D

记得以前在学校的图书馆闭关读书的时候,看过台湾联经出版公司出版的《钱宾四先生全集》,好像在《文化与教育》卷中,收有钱先生给当时的江南大学毕业生所作演讲的整理稿,其中有一句话说道："在学校的时候，师长们总期望你们的学业有长进，思想有进步，而到了社会上，对你的评判就不同了，总期望你们要对别人有可资利用的价值。"现在对这句话更为理解了：你在别人眼中的价值仅仅就是你可以帮别人做一些事而已。我注意到一个有意思的事情，就是大家喜欢称呼对方的职位，而不是名字，其实这个包含的潜在意义就是，隐去你的名字，因为你是谁根本不重要，你是没有独立人格的，你只是寄生在你的位置上，称呼你"某某主任"，其实和"二号螺丝""三号螺丝"没有什么差别——对于别人来说你只是履行某项职责的工具，你不是一个有血有肉有情感的人，你只是一个大的机器上随时可以替换的一个零件而已。

2014 年 5—7 月间

青春不老，你们都好

　　合肥的夏天总是来得太快，往往让人猝不及防。然而今年却姗姗来迟。五月（may）来自罗马神话中女神迈亚（Maîa）的名字，她专门司管春天和生命，所以五月应该是一个花团锦簇、生机盎然的美好时节。一首《五月的花海》，也曾经在多年前让刚刚成为共青团员的我心情激荡——五月是青年的季节。然而今年有些不寻常，前天的一阵夜雨，让天气竟然有了一丝微微的凉意，晚上站在北纬 31.9° 的灿烂星空下竟然莫名地有些关于青春的感伤在心头涌动。

　　有时候看到别人讲青春故事的美好回忆，自己也不禁回想，三十多岁的我几乎不曾感受过青春的味道，或者似乎刚刚抓住青春的尾巴，转瞬之间就发现它已经遥不可及、飘零殆尽，只有怅然若失的我，空荡无归地前行。我和我曾经的小伙伴们都已不再年轻，暮气渐深、心境消沉、前途无望、理想凋零。剩下褪色、斑驳的记忆，还有隐约的一些残存，影影绰绰、飘忽不定。

当年去北京读书本是无心之举，现在想来真是一个值得庆幸的选择。北京是一个给我温情回忆和关于青春痕迹的特别的城市。北京很大，我很卑微，然而这没有关系——对我而言，北京的景物和文化都乏善可陈，我也不曾在意——除了各大图书馆，我几乎不出游，如果有的话，可能就是去书市和旧书店。之前也曾觉得学问是比较重要的，现在想来，也觉得"文章学术不过是小道，微不足道的"，寻章摘句则更近迂腐，并没有太多触动人心的地方。唯有人，对的，只有有趣、美好的人，才是我们关于一个城市最真切的感受和最铭心的记忆。虽然那时候遇见的人现在都飘零各地，几无联系，对其现今处境杳然不知，但是人生中能与他们有那么一段交集真是最可宝贵的经历。那时候，我们少年风华、青春正好。就像徐志摩的诗写的："你我相逢在黑夜的海上，你有你的，我有我的，方向；你记得也好，最好你忘掉，在这交会时互放的光亮！"

来园是个很有意思的地方，午夜总有外国留学生在月亮下聚会唱歌，声震天宇，让人不得安眠，当时恨之入骨（不是挑起民族仇恨），现在想来还觉得有些异域风情，也许记忆总是有过滤功能的，只留下美好纯净的印象。不知道现在那栋宿舍楼还在不在，那儿有我太多的美好记忆，不必说风雅别致的"Friends"酒吧，不必说深夜不休的小卖铺，也不必说肆意生长的蔓生植物，就是那些在夕阳下威严游走的猫咪，就够引人无限遐想，仿佛它们会在晚间变成可供对谈的妖物。

最为特别（奇葩）的是，因为我们学校男生奇少的缘故，

那栋宿舍楼是男女混住的，甚至澡堂也是男女共用（不同时间
段），所以总有不同肤色的外国小伙子在楼下等候他们的中国
女友——当然我就不用在楼下等了，只要从九楼坐电梯径直到
四楼就可以了。出入女生宿舍也没有禁忌，似乎大家都彼此彼
此，习以为常。有时候一起在来园散散步，然后穿过高大的法
国梧桐树下的"天屎之路"（因鸟类栖息树上，时有落便积于
地面，故名），到汉教楼的地下室上自习。然而我最喜欢的是
去学校的操场，周边的铁栅栏上爬满枝叶繁茂的藤本月季，五
月的花朵，肆意绚烂，硕大厚重，就像绿色的缎面缀满五色缤
纷春天的眼睛，注视着青春的我们徐徐而行，一往情深，探讨
人生，论辩学问。

对面的温总理母校，那儿的别致的亭子和围椅最适合在夏
夜喝啤酒，吃零食，瞎扯淡。记得有一年七夕之夜，我们坐在
亭子下，空气中弥漫着夏季北温带草木的气息，M 同学还像往
常一样刺刺不休，我则默然不语，另有所思，只是不停地在她
臂膀划着三个字。M 同学追问是"什么字"，我说是"羽田亨"（一
个日本汉学家，在二十世纪三四十年代担任京都大学校长，我
正在读他的书），M 同学顿觉十分扫兴，然而还是继续刺刺不
休，现在想来还蛮有趣的，也为年少时不解风情的辜负而有些
许愧疚。多少年过去了，还是会记起那时地大的夏夜，地大的
晚风，穿过李四光的半身像和大招手的毛主席塑像，仿佛进入
一个梦境。

每一个关于北京的故事最后都以离开北京结束。

北京久违了！久违了教我练习太极功法和武学精要的听雪楼主。

北京久违了！久违了一起在蓝旗营附近地摊上吃饺子纵论国际经济的侯哥。

北京久违了！久违了来园的草木、五道口的喧嚣还有成府路边幽深的小道。

久违了我可爱的同学和敬爱的老师，你们大概都不记得我了，却活在我的记忆中。

还有，想来 M 同学已经在北京结婚生子，或许岁月静好，或许偶有烦恼。

我想说：青春不能不老，只愿你们都好。

2017 年 5 月 5 日

卑微但不悲催:
献给即将人到中年的我们

一

 每个人——即使是现实中最平庸沦落的人——在年少的时候都不免或多或少地有过关于未来的光辉梦想:要成为攀登科技高峰的科学家、挥金如土的大富豪、为人民服务的大领导、横扫千军的大将军,如此种种。任何一个情感正常的人,哪怕他出生在最贫困寒微的家庭,也不可能从小就心甘情愿平庸地过一生。可能大家都看过那个关于中国小孩说希望长大成为小丑被训斥,西方国家小孩说希望长大成为小丑被称赞的关于民族性的刻板笑话,虽然我不太了解西方国家儿童教育的实际情况,但是"不想成为将军的士兵不是好士兵"(法语的原意翻译成英文其实大概是 Every French soldier carries a amarshal's baton in his knapsack.)这句名言不同样在西方很流行吗? 扯得大点，是因为在我们这个时代，社会流动没有固化，人们阶层地位的上升是可能的；说得具体点，就是对于年轻人来说，总是天真烂漫、乐观进取的一面占据精神的主要方面，没有对未来的美好期望那不是年轻时的风景。

然而对大多数人来说，生活是一有机会总要跟你恶作剧的，我们那些闪现着"科学家""大学教授""大富豪""王侯将相"五彩斑斓梦想的肥皂泡，大多都被名叫现实的小丑用一根叫做时间的针逐一挑破，破散在阳光下，杳无痕迹。于是等我们到了老大不小的年纪，回头再去看过往是一路疲惫，抬眼望未来也是前途萧索。绝大多数的人不但没有成为自己年少时梦想成为的人，甚至连和自己曾经希望成为的人做朋友的资格都没有。不管是你有无数个"早知道，当初如何如何"或者"要不是因为什么什么，我现在就如何如何"的理由，你还是不得不面对一个无可奈何的事实：沦落在芸芸众生中，平凡如野草，卑微如尘埃。现实在岁月的背后露出了狰狞的面目，一个残酷的事实是你已经不再年轻了，而且在渐渐变老，你变得思维僵化、身材臃肿、头发稀疏，除了岁数和体重，似乎没有收获更多东西。

所以很多时候我们不免感到凄凉、无奈、幽怨，甚至愤懑，我们无数次想要做最后的拼搏，来一把人生的孤注一掷，可是心血来潮之后还是默默地重复庸碌的生活。西方有句谚语叫"You can't teach an old dog new tricks."字面意思是说不要试图去教会一只老狗新技能，隐含的意思是说一个人到了一定的年纪就思维固化了〔我觉得语言习得上的一个术语"石化"

（fossilization）更生动确切），要想有所改变是很困难的。具体到我们的生活来说，人生颓唐的中年人想要实现从头再来干出一番煊赫的事业，除非有特殊的机缘，否则是绝对难以成功的。因为如果你是一个有成功潜质的人，你早就已经成功，或者正昂扬走在迈向成功的路上，而你现在的落寞和卑微也是很多原因综合在一起造成的，冰冻三尺非一日之寒，不是靠一时的心血来潮就可以改变几十年的积重难返。有一个词使我感受特别深——"故态重萌"，每次我们信誓旦旦要作出改变的努力，然而那种可能来自于现实刺激而生的激越，就像在沙漠中流动的水，流不了多远就消失在漫漫黄沙中了。很多人常常午夜梦醒，想想生活还有千条路，可是早晨起来还是走老路。人固有的惯性是难以改变的，所谓"水循旧路"，一个人是否卓越其实是根源于一种习惯，而不仅仅归结于运气，你现在的处境很多也是自己多年行为累积的结果。合肥有句土谚"三十不发，四十不富"，就是说一个人到了三十多岁还没有显现出发达的迹象，他的一生也没有太多辉煌值得期待了。

二

说到现在，都是过于幽暗悲观的论调，仿佛一个人到了中年就像阎真在《因为女人》中所说的那样，女人到了四十岁就进入了垃圾时间，是不是一个在中年还没有成功迹象的男人也就进入了"人生的垃圾时间"，只剩下混吃等死的残年了？然而我却又是一个不主张消极的人，虽然在观览星空的时候无法回避夜晚的黑暗，但内心还是向往光明。只是像我一样的很多平凡人往往有一种从年轻人到中年人过渡过程中的不适应，甚至可以说是苦痛，有太多心理的冲突、太多的不甘心、太多的惶恐不定，却又无可奈何、不知所措。甚至在迷茫中自甘堕落，麻木于低级的欲望而得过且过；或者在养家糊口的重负中，愤世嫉俗、怨天尤人。慢慢被岁月浑浊了眼睛、僵化了心灵，甚至窃走了微笑。

我曾经和我的一位年纪相仿的好友 H 先生谈到这种失败和落寞的感觉，他只是轻描淡写（或者叫一语中的）地说："很正常啊，貌似很多人都这样，应该就是所谓的中年危机吧！"我们在此且不去深究"中年危机"背后幽玄的心理学、社会学根源，只是从字面来看，一个人到了中年，还在社会上卑微地生存着，看着岁月和容颜一起江河日下，无可挽回，是不免会有危机感的。就像我们小时候玩的一种练习打字的游戏，青蛙要通过浮在水面的荷叶跳到河流对岸，可是荷叶总是随着河水快速向下流去，而我们必须及时敲击荷叶上显现的字母，否则那只可怜的青蛙就因为跳不到上游最近的荷叶而"Game Over"（游戏结束）。整个过程中，打字不熟练的人总是处于高度紧张状态，稍有迟疑，就归于失败，就像我们总是不断抗争不能战胜的命运，时时处于焦虑中的人生。

不过这些年应对负面经历的经验，让我切身感受到，不完满的生活、不成功的人生也不妨碍我们可以活得自在轻松，甚至可以不乏真诚的幸福和自得的快乐，就像医学上所谓的"带病延年"。毕竟人生成就和生活幸福是两个并不完全重合的道路，可以大路朝天，各走一边。歌德在《少年维特之烦恼》中说"人之幸福全在心之幸福"，虽然不免有些太过于"唯心主义"了，但是心理学研究也早就发现自我安慰的阿Q精神和快乐的人生其实是正相关的。有个著名的"罗森塔尔效应"表明给自己正面的暗示可以产生积极的效果，也就说你觉得自己行，自己就可能真的行，也许命运就因此改变了，这大概就是大家说"快乐的人，命运都不会差"的道理吧？

三

字典上说"卑微"是"形容卑贱微小，地位低下"，我浅薄地觉得卑微很大程度只能是一种客观的现实处境，既大可不必去回避（因为现实是回避不了的），也用不着自怨自艾（因为自怨自艾不能解决问题，它本身就是一个问题）；而悲哀则是一种主观的心态。卑微的人也有平凡人的小小幸福，并不必然因为处境的卑微就一定生活得悲哀，陶渊明不愿意为五斗米折腰，放弃彭泽令的官位，虽然不能有《儒林外史》中说的那种"穿螺蛳结底的靴，坐堂，洒签，打人"的威风，却也可以有"采菊东篱下，悠然见南山"的清雅飘逸。就比如我自己，虽然年将老大，一事无成，穷困潦倒，苟且求生，算得上是一条卑微的"虫豸"样的人了，不过每当我坐在自己的斗室之内，面对着私藏的千余册稀奇古怪的书籍，便觉得心生欢喜，有莫名的大喜乐，不足与外人道也。方才真切理解古人所谓"坐拥书城，南面称王而不换"的说法并非妄语。成功的人生都是一样的光辉煊赫，卑微的人生却各有各的五味杂陈。不过虽然我们平凡卑微的处境是不太容易改变的，但是却也不妨碍我们拥有自得的简单的幸福和小小的快乐，哪怕那只是忙里偷闲、苦中作乐，也可以让我们不至于沉沦于中年的无望，在黯然神伤的悲哀感中任凭岁月枯黄地老去。所以我们要有所坚持：

一是要活得精致不将就。精致相对的是粗糙或者苟且，我看过宁远的畅销书《有本事文艺一辈子》，里面一个原始的用土坯垒砌的房子，几件粗陋陈旧的农家什物也可以通过一些细微的点缀和精心的布置而显出诗意、温馨的氛围，让人仅仅看了图片就心生欢喜。其实人一时的心情，甚至整个的心境，都是很容易受到所在的环境的影响，在一个杂乱肮脏的房间里，恐怕除了得道的高僧，一般人大概都不能心生美好。而在整洁有序，布满鲜花、绿植的房间里，人的心情也会为之一爽，甚至工作效率也会提升，对人的态度也变得包容和友善。所以俗语说"穷要剃须，困要理发"，就是说越是处境不好，越要给自己一个积极美好的心理暗示。以前总是受鲁迅"生活太安逸了，工作就会被生活所累"的教育，觉得就应该像他一样，棉被是多年没有换的老棉花，不睡棕绷的床。现在想来觉得这样的教育也大可不必，生活过于粗枝大叶，只做一个工作的机器，人生将是多么的乏味，一个不热爱生活的人，又怎么去爱别人，爱这个世界呢？我始终觉得人总要有些忙里偷闲的雅趣和苦中作乐的豁达，才能像苏东坡一样虽处于困境也可以乐观洒脱。就像周作人讲的，"我们于日用必需的东西以外，必须还有一点无用的游戏与享乐，生活才觉得有意思。我们看夕阳，看秋河，看花，听雨，闻香，喝不求解渴的酒，吃不求饱的点心，都是生活上必要的——虽然是无用的装点，而且是愈精炼愈好。"生活的精致其实就是一种积极乐观的生活状态，就是要把生活认真来过，而不是苟且度日，凡事将就。哪怕是只过一夜的旅舍也尽量收拾整齐，插上一枝鲜花；就是临时租住的房屋也要考究地摆设物件，放上喜爱的绿植。不要因为只是暂时的居所就勉强将就了事，其实从大的方面来说，每个人何尝不都是世间的一个临时的旅客呢？就如李白所说："夫天地者，万物之逆旅；光阴者，百代之过客也。"所以作为世间的过客，过好当下就是对永恒负责了。

二是要活得简单不做作。现在社会，太多的成功学、厚黑学教人各种坑蒙拐骗、巧言令色的伎俩，闪转腾挪、长袖善舞的手段，看得眼花缭乱，让人心思百转、勾心斗角，成为一个"精致的利己主义者"。实际上连做人的底线都失去了，成功既无意义也难以持久，这样的例子我们看得多了，"眼看他起高楼，眼看他宴宾客，眼看他楼塌了"，你看看历史上那些严刑峻法的法家、纵横捭阖的纵横家、罗织陷害的阴谋家，最后有几个有好结果的？"机关算尽太聪明，反误了卿卿性命。"随着年岁的增长，我越发觉得需要"志在必得"的东西实在是不多的，何必费尽心思地争来斗去，轻则伤了和气，重则两败俱伤。因为在政府工作的原因，常常听到各种争权夺利的传闻，也收到过各类举报信，很多人并不是出于公心，最后的结果往往是大家都不愉快。所以孔子讲人到了壮年以后"戒之在斗"不是没有道理的。生活简单就是心存善意而又不刻意迎合，成人之美不扬人之恶，开诚布公而不狡诈阴谋。"机关算尽，不如厚道仁心"，就算占不到便宜，也绝对不会吃大亏。明代王艮在《明哲保身论》中说："知保身者，则必爱身；能爱身，则不敢不爱人；能爱人，则人必爱我；人爱我，则吾身保矣。能爱身者，则必敬身；能敬身，则不敢不敬人；能敬人，则人必敬我；人敬我，则吾身保矣。"简单不做作，诚恳不欺诈，才是养生、保身的不二法门。因为一个谎言要用无数个谎言去掩盖，一个阴谋需要无数个阴谋去善后，本来简单的事情搞得愈发复杂，如蚕丝百结、劳心费力，得不偿失。"君子坦荡荡，小人长戚戚"——善哉，斯言！

三是要活得美好不阴暗。世界就像硬币的两面，既有光明美好的一面，也有阴暗丑陋的一面，这是基本的辩证法。甚至同样一个人也会有不同的面相，就像《镜花缘》中的两面国里的人展现于人前的是一副"浓眉大眼、方面阔口，一张大富大贵国字脸"，而藏于浩然巾后面不为人见的却是"全套隼目鼠眼、血盆大口，更有一口白森森獠牙"的丑恶嘴脸。人无完人，金无足赤，我们到了这个年纪，经历了那么多人生的险恶与世态炎凉，对于世事的多变和人心的复杂都有较为深刻的体会，所以不必纠结于人性中的幽暗和社会上的不公，不要总是揭开别人的"浩然巾"看他丑恶的一面。很多现在的苦难甚至仇怨，过多少年以后，再来回望，不过是一笑而过。生活中那么多美好要去追索，而生命又是相对短暂和充满风险，不如多聚焦在美好的事物上，而不必对于旧恶念念不忘、耿耿于怀。众人皆知那句名言"生活中不缺少美，而是缺少发现"，却少有人能身体力行。很多时候我们被庸碌、焦虑所困，放弃了感受身边最简单的美好，自己又太俗气和充满戾气，狭隘而自以为是，以至于以自己幽暗、犬儒的想法去揣度那些昂扬却安静、敢于舍弃又无比热爱生活的心灵。有钱而闲暇的人也可以沉溺于庸俗的物质欲望，推杯换盏，莺歌燕舞，依红偎翠，甚至吸毒赌博的也大有人在；而没钱的人也可以成为生活的艺术家，不但有微微修饰而富有仪式感的日常，也可以平和友好地和世界打交道，可以怀着淡淡的喜悦看春天舒展的云朵，听深夏清晨的鸟鸣，因一片落叶而怀念整个秋天，在寒冷的冬夜和家人围炉闲话。我们可以文艺一辈子吗？那大概是不容易的，不过没关系，那就让我们文艺一阵子吧——喝不为解渴的茶水，吃不为饱腹的点心，和无用而有趣的人聊天，偶尔为一些小小的兴趣疯狂，在星夜的晴空下悠悠地走着，仿佛天上的银河"哗啦"一声倾倒在我的心里。

四是要活得踏实不虚妄。年轻时血气方刚，优点是充满激情，短处是过于浮躁；随着年岁的增长，在人近中年的时候反而因为莫名的焦虑无所适从，或者转而为无望的暮气，慵懒无为。其实无论浮躁还是暮气，它们的反面都是踏实，唯有踏实方能克难致远。踏实就是做好手边的事，把力所能及的事做到细致、精致和极致，做出工匠精神，哪怕不为所谓的成功和金钱，也可以得到一份自身价值的体现和精神的慰藉。对于年轻人来说，失败的机会可以很多，有太多的时间可以重新来过，而人近中年，你必须承认，因为年轻时的庸碌造成的既成事实，你没有资本再好高骛远去追求虚妄的、不可能实现的目标。孟子讲"挟太山以超北海，语人曰：'我不能。'是诚不能也。为长者折枝，语人曰：'我不能。'是不为也，非不能也。"很多时候我们的痛苦由现实能力与自我的期许相差太大所致，就像孟子讲的，有些是"诚不能"，有些则是"不为也，非不能也"。毛主席讲"在战略上藐视敌人，在战术上重视敌人"，强调的是精心准备、临事不乱，而我们在现实中往往说到长期的目标充满乐观，夸夸其谈，对于当下的务实的工作则大而化之，拖延敷衍，最后不了了之，成了浪漫主义的空想家，而不是现实主义的实干派。归根结底，病根还是在没有执行力，纸上谈兵，抱怨怀才不遇，可是正如鲁迅质问那些言语革命派的青年人，荆棘的山路可曾走过，百斤的担子可曾挑过，教授的讲章可曾细读，终日愤愤不已，最后只能愤愤而死。西天取经只能一路艰险跋涉才能取得真经，十万八千里的筋斗云只能看看花果山的风景。

今日大暑，全国大半地区都处在高温的蒸熏和骄阳的炙烤之中，多地甚至出现了多年未有的高温纪录。周末无处可去，在办公室整理周一要报的材料，工作之间的闲暇，草此文章以为冗繁工作之余的安慰。隔着玻璃临窗而望，外面的树叶都有些打蔫，我饮茶一杯，继续埋头写字，楼宇内一片寂静，我心里也是一片平静，忽然觉得我自己是个幸福的人了。

2017 年 7 月 22 日

历经山川，终归平凡

已经很长时间没有更新公众号了，一则因为近来心境不大平静，容不下一段平和的写文字的心情，一则也觉得文字只是一种对自我精神廉价的安慰剂，虽然可能得到一些短暂的宽慰，但是一旦上瘾，总体而言是有害无益的。可是转念一想，就好比吸烟上瘾的人，信誓旦旦要戒除的人多，彻底戒绝的人少，所以与其自我拧巴，不如顺其自然，如果害处不是太大，偶尔故态重萌，吸两口，也没有太大关系吧。

可能是因为秋天深了，温度降了，假期尽了，朋友散了，近来总有一种莫名的失落感和虚无感，既含着淡淡的伤感和茫茫的迷惘，却又不再有热烈的渴望与不安的悸动。沉溺于现世的安稳与生活的苟且中，像一个秃顶的人回避一切和"秃"有关的字眼一样躲避一切向上的事物，以至于连那些积极进取的朋友和奋发向上的故人都不愿意联系，害怕他们那种逼人的前进者的光芒会让自己的苟且与颓废曝光到无处遁形，就仿佛一个乞丐出现在一个遍是华装艳服的盛宴上无地自容一样。依稀记得我也曾经有过心比天高的时候，为什么现在会这样呢？也许这是年纪大了，精力衰颓，谋求进取之心日渐消减的表现；也许这是一个三十早就出头，四十已在路上的落寞者，放下本无所谓的执念，渐渐步入"不惑"的老成与淡泊，务实地面对现实中的无奈。

我小的时候生活在离紫蓬山北麓不远的乡村里，站在门口就可以远远地看到不远处连绵起伏如野兽脊背般的山峦，听大人们说那是大别山的余脉，从那里走出过一群在晚清时代烜赫一时的淮军战将。我上的小学和中学都在山下的一个小集镇上，离家只有约一两千米的距离，所以在上大学以前我很少离开那片草昧未开的乡野。尽管我可以通过电视和书籍了解到外面的大千世界，但是我所直接接触到的却只是越过山峦、拂过草木的四季风，在阳光下翅膀猎猎作鸣的各色草虫，一条一年一干涸，不知来源不知去处的悠远的河流，山岗上起伏的坟茔，埋着无数在这块土地上生存过的先辈——无论他们曾经显赫还是沉沦，现在都在黄土下寂寞无声。我小的时候这里并不重视教育，山民们自古尚武斗狠，都以彪悍出名，除了出淮军悍将外就是出土匪，文教之风并不兴盛。即使我知道三角函数、会背"I Have a Dream"（《我有一个梦想》）、可以写八百字的作文、会画串并联的电路图，然而我本来期望的命运也和绝大多数的小伙伴们一样，就是中学毕业后学一门可以养活自己的手艺，可能是木匠、瓦匠还有水电工。于是劳作生息，安身立命，像海子所讲的那样，在"白杨树围住的故乡"娶一个朴素如洋槐花一样的媳妇，然后"在故乡生儿育女"延续命运，像那些埋在山冈上的坟茔中的先辈一样，在这块土地上重复千年不变的故事。然而我妈妈偏偏与周围的邻居不同，她是重视儿女教育的，于是我虽然心不在焉，但还是磕磕绊绊读了大学。又读了研究生，学了一些没有人可以对话的外国语言，又了解了杨贵妃的体重、查理曼大帝的身高，熏染了华兹华斯的矫情和海德格尔的无聊，自觉得走了万里路、读了千卷书，可以和大人物们谈笑风生，忽然间仿佛厉害起来，再也不安分于那个"白杨树围住的故乡"了。然而最终还是回来了，回到了那个曾经力图逃离的故乡，就像鲁迅先生说的那样，"人就像一只苍蝇，年轻时候以为飞得很远了，到了一看只不过在天上转了一个圈子，又回到起点上来了"。因为城市化的原因，故乡的村落早已凋零，居民也大多搬离，河流污染，建筑凌乱，我幼时的故乡已经死了。不过在我的记忆中那个塑造我生命最初形态的山野从来没有消失，近来我总是不断地梦见那片典型的皖中丘陵，田野、低岗和流水冲刷的谷地在其中高低错落。有夏季月色下呱呱不息的蛙鸣和邻里在纳凉时悠远的闲谈，有秋季收割稻谷时偶尔采摘到的鲜甜的覆盆子，还有空气中弥漫着稻草的馨香，有冬季勾起儿时无尽食欲的腊味和经霜的白菜以及欢愉又嬉闹的春节，春天各样的野花像色彩繁复的锦缎铺满了山冈、河滩、田野间的小径和一切空旷的土地，还有成片的桃李，像粉色的梦幻，烟雾般笼罩着远近的村庄。

当一个人精力衰减、意气消退，反而觉得栖身在一个僻静幽远的小地方未尝不是一种自得的享乐。虽然小地方人情复杂，世俗的眼光又十分恶毒，所以不免压抑；物质和文化的资源都比较稀缺，所以不免贫乏；个性有趣而品质良好的人也很少，所以不免孤单。然而没有关系，只要你少说话，自然少是非，少争夺，自然少仇怨；还好我是个物质欲望很低的人，基本的收入已经让我感到满意，而且秋日暖阳下，躺在椅子上读一本无关紧要的书，让自己的思维玄想于千年以前、八荒之外，难道不也是自由快乐的人吗？年岁越大越懒得和人打交道，可以在老家的后院种一墙的藤本蔷薇，在春夏之交的季节里，它们开出热情而怀旧的艳丽花朵，一朵朵旋转出多彩的梦幻，就像相隔十年的恋人在异国偶遇一样让人惊喜。

2017 年 10 月 12 日

在你生命中呼啸而过

文字是虚弱的，它可以缅怀过去，但不能改变现在；它可以描摹记忆，却不能制造希望；它可以提供一万种可能，却不能指引正确的方向。《圣经》上记载："上帝说，要有光，就有了光。"可是凡人的文字只能收集过去的愚蠢和当下的迷惘，编织成一张自我慰藉的网，阻挡住愧疚和懊恼的鹰隼，不断啄食内心深处血肉淋漓的悲怆。

以前看高晓松、冯唐这些人的回忆文章，感叹于他们的青春过往是多么的丰富多彩、自由倜傥；可以有兄弟间的快意江湖，也可以有浪漫的儿女情长；甚至在斗鸡走狗间却也没有辜负时光，在率性而为后还能人生一路扬长。而反观自己的青春岁月却只有一望无际的迷茫，点缀其间的是单调、失落、焦虑和凄凉，似乎没有任何值得一提的地方。不过现在随着年纪的增长，才发现很多时候记忆也需要时间去酝酿，当我们经历了一些人生的沧桑之后再去回望，很多之前的平常和琐碎都变得大不一样。记忆过滤了不愉快的忧伤，只留下清澈明净的印象，仿佛过去只有春光融融，万物生长，而我们那群曾经年轻的伙伴们就像五月的风一样呼啸而过，奔跑在鲜花盛开的空旷大地上。

小时候读鲁迅，读不懂，只是记性好，会记得一些句子，比如《伤逝》开头的那句。"如果我能够，我要写下我的悔恨和悲哀，为子君，为自己。"现在记起来，这是一句饱含了多少苦痛与无奈心情的心头滴血的语句啊。可是就像我在开头所说的那样，即使写下了悔恨和悲哀也不过是枉然，既不能换回子君，也不能改变自己，只能勉强算是一种徒劳、虚妄、短暂的心理安慰罢了。因为就如文中写的一样，"寂静和空虚依旧，子君却决不再来了，而且永远，永远地！"可是人到了一定的年纪就会怀旧，可能是因为我们渐渐老了，缺少了向前的力量，便会站下来转而回望过去走过的路、遇见的人、经历的事。就像冬日午后坐在太阳下闲谈的老人们一样，在遥想当年中消磨已经渐渐成为累赘的时光，在美化过去中给暗淡无望的现实些许安慰，好让日子在艰难中过得不那么艰难，好让生活狰狞的面目显得不那么狰狞，可以更麻木地维持眼前的苟且，不去想风雨未定的未来。

二十多岁的时候没有想到过老了的样子，现在却时而有些惶恐和凄凉，不仅仅因为自己头发少了，身体胖了，心态颓靡了；也眼看着周围的亲人、以往的朋友甚至喜欢的明星一个个显出岁月的风霜。不免感到有些许凄楚，可是岁月如偷，偷走的都是我们最好的时光。幼年读《论语》，读到孔子说"甚矣，吾衰也。久矣，吾不复梦见周公"，并没有多大感觉，现在能略微理解圣人心中的苍凉和无奈，不禁有些伤感起来，毕竟仁义道德也挽不回"逝者如斯夫，不舍昼夜"的时光。棋局将残，吾人将老，独对秋风，怆然涕下，又有多少人能有"若有诗书藏在心，岁月从不败美人"的孤绝和淡漠呢？不过不同于孔子以不能梦见周公为衰老的标志，我自己却感觉怀念故人是自己变老的标志。以前年轻的时候总是向前的、求变的，总希望遇见和结交新的人，体验和交流不同的生活，对于过去的回忆倒并不太放在心上。现在却不同了，时常午夜梦醒，想到一些过去的人和事，不免有愧疚遗憾之余的落寞与慨喟。如果悲伤真的可以逆流成河，让时光倒流到那些青葱的岁月，我们会不会多一些珍惜和理解，多一些付出与关爱，少一些无谓的冲突，多一些平和的相处，少一些狭隘和计较。然而只有偶尔在不眠的夜里，听着窗外的风声，面对着永恒般存在的寂静和虚空，才会在恍惚中仿佛穿越悠远的时光——有时候和伙伴们骑着自行车穿梭在 B 市寒冷冬夜的街头，有时候在周末午后带一瓶水和 M 去图书馆看书，还有欣赏 Y 校操场铁丝网上盛开的繁茂的藤本月季，朵朵硕大，各色斑斓，充满生机，热情四溢，就如同我渴望的那种生活。而反观那时候的自己，一脸懵懂，庸碌度日，不知感恩，充满戾气，不过是一个在生活中呼啸而过的傻瓜而已。

今天忽然怀念一位久违的老朋友，十分感慨，人生十年，天旋地转，所谓流年，老了红颜。感叹当年在彼此的青春中呼啸而过，就如徐志摩的诗写的那样："你我相逢在黑夜的海上，你有你的，我有我的，方向；你记得也好，最好你忘掉，在这交会时互放的光亮！"仿佛只是短短的错过，回首已经是累累的时光，我想那些曾经一起在图书馆读过的书，后来又会有很多人读吧；那些我们曾坐在下面喝啤酒的树，大概已经更加粗壮高大，下面走过多少如我们当年一样年轻的学子；那些一起捧起的北国的雪，每年还会如期落在故园的池塘边吧。合肥的秋风吹起来已经有几分凉意了，我拉紧外套，走在回家的路上，万木萧萧，声声如诉，寒夜无星，唯有远近的灯火忽暗忽明。我知道再也难以重翻那些当年的书本了；再也难以和当年的人一起喝当年的酒了；北国的雪总要来的，而且来得特别直爽，只是落不到合肥的土地上。

感谢当年青春如花，岁月正好，彼此从对方的生命中呼啸而过。只愿当年的红衣少年们，历尽千帆，依然能够活力四射，锐气不减，即使现世平凡，也有生活清欢。最后把土耳其诗人塔朗吉的名句送给散落天涯的你们和我自己："去吧，但愿你一路平安，桥都坚固，隧道都光明。"

2017 年 10 月 16 日

剩有年华共徘徊

很长时间没写东西了，一则因为前段时间琐屑繁杂的事情过多，没有时间写不急之务的文字；再则生活寡淡乏味，每日周而复始地进行同样的事情，实在是乏善可陈，没有什么值得记录与分享的。

又是新年，昨天一场大雪，到处银装素裹，遍地碎琼乱玉，这是 2008 年以来合肥最大的一场雪，瑞雪覆大地，忽如天降喜，让人不禁有了写点东西的冲动。《易经》有"逢七必变"之理，与我自己的个人经历而言似乎也隐隐相合，不过回想 2017 年，变化虽有，但也似乎不是根本性的，或许是积攒着否极泰来的生机，抑或是人生老大，再难有变化的波澜。然而人还是要乐观的，命运的变化或者不可期，但是手上的德业更是不可弃的。

唯有忘却，方能前行。对于个体而言，重要的不是走得太远忘记为什么要出发，而是困在记忆的牢笼中不能自拔。很多时候我们在为错过昨夜灿烂星空黯然神伤的时候，又错过了今晨绚丽的朝霞。每个人都从过去走来，又将现在抛进无尽的过去之河，于是记忆成了天生的遗产，无论贵贱，人皆有份，只是有的明亮，有的幽暗。有的人可以在记忆中安慰平淡的余生，如上阳宫白头宫女"闲坐说玄宗"，然而一个过于怀旧的青年则会在频频的回望中，蹉跎了本可用于进取的勇力，变得怯于直面真实的生活与现实的苦难。因为躲在记忆的避难所中咀嚼忧伤或者酝酿甜蜜都是容易且舒服的，就好比在寒冷的冬天藏在被窝里看电影一样舒服自在。但是外面的真实世界还在继续运转，不管你喜不喜欢，那些纷繁的困境和可厌的邻人不会因为你的躲避就消失不见了，它们甚至会变本加厉、得寸进尺，让你的生活变得更为苟且和难堪。所以，忘记过去吧，不论忧伤还是美好，我们都是远行跋涉的旅行者，只有放下记忆的包袱，才能轻装前行，步履如飞，一往无前，见到最新奇的风景、最有趣的人。

唯有恬淡，方能深爱。爱的反面不是恨，痛恨是爱的另一种变体，所谓爱之深，恨之切。因爱生恨只不过是播下的种子有的收获了稻米，有的长成了稗子，就好比智齿和正常的牙齿本是同根生，只是后来它长错了方向，不但不能研磨出食物的香甜，反而压迫神经，带来不必要的烦恼和痛楚。爱的反面是冷漠。没有人会为一个与自己毫不相干的人去愁肠百结，叹息痛恨，因为只有爱留心间，才会恨入骨髓。当爱意完全褪尽，也就不会有什么恨的余烬，不过是一笑而过，相忘于江湖。想到以前上学，在讨论极"左"和极"右"思想时，老师说了一句颇有哲理的话："左"和"右"都是表象，而"极"才是本质，在一定情况下极"左"和极"右"很容易两"极"相通。爱和恨未尝不是如此。你有多深的爱就可能变为多深的恨，所有过激的东西，要么不能持久，要么极易从一个极端转化到另一个极端。今日执剑为侠客，明日握刀成屠夫，刃是一样的锋利，只是善恶的两端却异位了；猎豹奔跑得虽然快，但是只能坚持三四分钟，否则就会体力衰竭而死；能跋涉千里戈壁大漠的不是汗血宝马，却是缓缓而行的骆驼。年岁增长后方才明白，无论做什么，长久的韧性和毅力远比一时热情和冲动要重要，对于爱，或许更加如此吧。恬淡平和的情感才更能细水长流、万物生长，而泛滥两岸的洪水虽有波涛汹涌的壮阔与激荡，只不过是一场留下废墟的灾难而已。

唯有自律，方能自在。人本性中本来就有贪图逸乐、自我放纵的基因，这是人在原始环境中保护自己、节约体能的本能使然。因为在远古风险丛生的状态中，欲望和怯懦可以让我们争取更多生存资源、保持基因延绵、降低伤亡的概率、节约宝贵的能量。然而相较于原始的自然状态，现代社会的人处境和生存的目标都发生了根本性的变化，我们必须学会抑制动物性的本能，来使得自己的行为在符合社会标准和自我目标的轨道上运行，否则我们就像是没有被教化过的野蛮人，或者像丛林中长大的狼孩一样，不能很好地容于周围社会并实现身心的平衡状态。自律的必要，本质上就是因为人的动物性和社会性冲突时，我们大多数人达不到圣人讲的"从心所欲不逾矩"的境界，那么自律就是那个勒住狂野、散漫、懈怠"本我"的笼头，使人不至于偏离大道。自律就是对原生状态的自己的塑造，就好像将一片蛮荒之地开垦为良田美宅，不知自律、不能自律、放任自流的人最终将成为欲望和怯懦的奴隶。"做好当下该做的就是对永恒负责。"自律就是有规划有节制，看似当下暂时的不自由，其实为自己的未来释放了自由的空间，每一刻都是在自己的控制之内，因而每一刻都是自由的。而放纵则是靠透支未来的机会、资源甚至健康来满足一时的欲望（或者怯懦）。我们在放纵的同时要担忧未来的机会成本和后续代价，因而是精神紧张的、不自由的。以后很长时间我们要为弥补放纵的过失而使得本来的生活不能按照期望的节奏展开，因而在行动上是不自由的，而且这种不自由可能像多米诺骨牌一样延续下去。

好吧，说得太多了，还是回到社会主义核心价值观上来吧，让我们谨记总书记新年贺词的教诲："……不驰于空想、不骛于虚声，一步一个脚印，踏踏实实干好工作。"过好生活，修养身心，成为自由、喜悦、有益又有趣的人。

2018 年 1 月 5 日

蝙蝠青年

　　《伊索寓言》里有一个关于蝙蝠为何只在夜间飞翔的寓言故事，大家大概都听过。抛开寓言本身批判投机者的主题不谈，单是从蝙蝠既不能被鸟类接纳也不被兽类接纳，最后只能在夜间孤独飞行的结局来看，这个故事背后隐含着一个关于归属的话题：一个不被任何群体接纳，游离在周围人群之外的人，他不但在身体上是孤单无依的，在精神上也是孤独苦痛的，因而是一种深重的惩罚。

　　我今天要谈论的就是这样一群像蝙蝠一样没有归属感，在身体上不能融入周围的现实社会、在精神上又不能立足于远方的理想世界，在那些封闭而充满偏见的小地方里成为茫然无措的"蝙蝠青年"的这样一个边缘群体。他们可能不曾被很多人在意过，更被主流媒体们所遗忘，但是在很多小县城或者四五六七八线小城市里有这样的一群青年人。他们既不是快手视频上在田野里放歌的农村土味青年，也不是一身"杀马特"造型戴着墨镜刷手机的地道小镇青年，更不是流离在城市灯红酒绿之下的农民工兄弟——他们一般在大城市受过比较好的高等教育，甚至在一二线大城市里的比较规范化的公司工作过一段时间。自从上大学以后，他们对自己位于小地方的家乡无论在实际的居住时间还是自我精神归属的认同感上都越来越少，有时候可能是无意的疏离，有时候甚至是有意的切割。在经历"一年土，两年洋"的大学教育和大城市生活后，他们中的很多人已经剪断了与家乡的精神脐带。他们受到的教育和接触过的人和事，虽然很多都是肤浅和理想化的，但是足以使得他们不再认同小地方的价值观和人际关系规则，并在内心统统给它们打上了"愚昧""市侩""落后"等一个个不友善的标签。我认识有的"蝙蝠青年"甚至说除了在家里和父母以外，都不怎么说当地话了，因为习惯说普通话，感觉当地的方言"陌生又奇怪"。他们在精神上自以为是大城市人了，可是由于种种原因，可能是在城市就业不顺，可能是因为听从父母安排，可能是错以为小地方有所谓的"安逸"，也可能因为其他的机缘巧合，总之他们在外面繁华世界转了一圈后又回到当年他们起步的小地方。

然而一旦回来后，原来大家口中描述的"安逸""慢节奏""熟人亲切"的小地方立刻显现出一些极不友好的一面。在他们看来是梦魇般的场景：一些阴暗又斤斤计较的同事，一些浮夸又恶俗的社会趣味，一些势利一些又无聊的人际关系，也有家长里短、评头论足的日常琐碎以及一些不同的价值观对自己行为的最恶意的审视，还有那些不讲规则的规则。

现实中"蝙蝠青年"们就像寓言中的蝙蝠一样，一方面不能在自己精神认同的大城市中容下肉身，另一方面在肉身行止所在的小城市里又似一个精神上的外来户。两处都没有归属，是一些分裂的个人，是一个迷茫的群体。就像一篇对电影《Hello,树先生》的影评里面说的那样，"树的根束缚于土壤，茎叶光鲜于外界，土壤代表传统礼教、伦理关系、道德体系，外界象征现代化、自由化、商业化"，"思想上的矛盾终于让他在乡民的嘲笑、好友的鄙夷、亲人的不屑之后完全迷失心智，……郁郁寡欢"——虽然树先生并不算得上"蝙蝠青年"，但是他的渴望与束缚正是和千万"蝙蝠青年"几乎一样。除了我们朝夕可见的现实中的"蝙蝠青年"，在文学上最经典的"蝙蝠青年"大概就是孔乙己了。他没有范进的运气，却有一个酒客们不能理解的精神世界，可是不论是在"上大人孔乙己"，还是在酒客们的哄笑中，他都没有自己的归属感，读书不能进学，生活落魄，哪个人承认你是读书人？而小酒店中引车卖浆之流的顾客们也只会把他作为取笑的对象，却绝不能认为他是自己的阶级兄弟。在历史上这样的蝙蝠青年其实也是不少的，罗志田先生曾经专门写过文章讨论近代中国的"边缘知识分子"。比如那些废除科举制以后的新式学堂毕业的文科学生，他们既没有传统科举士子进学、中举后的制度性保障，又没有切实可行的谋生技能，在大城市难以生存，回家乡又显得落魄。于是他们成了最激进的反制度的力量，是近代以来各种革命运动的生力军，从东京的兴中会到广州的北伐军都不乏他们的身影。但是现在的"蝙蝠青年"们是没法革命的，他们有打算逃走的，要成为彻底的"兽"，确实有少数有勇气和能力的人，毅然决然和小地方做彻底的切割，绝尘而去，回到大城市的海洋中去，一去不复返。大多数"蝙蝠青年"没有能把心头的抱怨转化为脚下的行动，因为他们本来就是大城市里的淘汰者，他们渐渐发现除了对生活和工作抱怨外也没有什么可以改变的，只能实现蜕变，成为真正的"鸟"。精神上虽有不满意，肉体上却慢慢习惯了，慢慢地消磨青春，慢慢地变得庸碌和恶俗，慢慢地也成了手捧一个泡着枸杞的保温杯，在朋友圈为转发的鸡汤文章点赞的油腻大叔了。如果我们不选择改变，总有一天我们会成为自己曾经反对和厌恶的那种人。

2018 年 8 月 24 日

生活幽暗，文字光明

　　很久没写东西了。一则因为一些繁琐细碎的事情总是扰动心绪，庸碌而焦虑，不能有那种深沉恬淡的心情可以让自己闲散地趸进写文字这件很私人化的事情里——而这种暂时性跳脱现实的"飞行"模式，就好比寒夜的陋室里，一个人躲在温暖被窝中一样，恰恰可以让人能够真正把写字作为享受，且写的东西能足够真诚且畅快地满足自己的表达欲望。二则近两年略显老态，脑子常常空空如也，只有不可名状的焦虑和如影随形的疲惫驱之不去，又无从改变。既少了写点东西的冲动，又懒得去编排系统的文字，沉浸在一种无意义的空洞和落寞之中，难以逃遁，甚至放任自流，连反抗的念头也不曾有。三则我是那种比较"老派"的人，总要用笔在纸上杂乱地写草稿才感觉踏实且有趣味。在电脑上边修改边打字是可以的，但是直接对着电脑则既难以放松地写出真诚的文字，也少了写作的那种仪式性的审美满足以及很多的难以言说的趣味。四则太耽搁于阅读。阅读是最简单有效的躲避挫败感、孤独感以及恐慌感的途径，通过阅读，很容易就可以让大脑被填塞满，无空间和闲暇去感受负面的情绪。只不过这种躲避是暂时的，问题还在那里，只是溺水的人大概顾不得想太多，能有救命的稻草，不管如何总要抓一抓，而写东西对于完美主义者来说总是很容易产生新的挫败感、莫名的恐慌甚至自我否定。人总是趋利避害的，所以越是负面情绪多的时候，越会沉溺于阅读而躲避写东西。不过我现在觉得之前少写个人化的东西也未必是坏事，甚至有些庆幸，因为我虽然年将老大，可还是有些激愤，空发很多议论。哗众取宠也好，不合时宜也好，老羞成怒也好，细细想来，一半是缘于幼稚，一半是由于挫败，再加点情绪的催化剂，总之都不是什么正面的东西，不写也还显得干净些，免得以后自己看了会脸红。

不过，写字也还是有趣味的。于我而言，这种趣味又似乎超过了单纯的有趣范围。我太木讷和羞于表达，更不善于做亲切的、坦诚无间的沟通，既宅又闷，渐渐地把自己活成小小的孤岛。而文字恰恰是一种和外界沟通、表达内心苦楚或欢欣、分享乐趣和见闻的很好的途径。无须面对面的尴尬，不用一对一的冷场，可以义正词严，可以悲春伤秋，可以嬉笑怒骂，可以漫无边际。人与人是分隔的，但是总会有桥梁跨越孤岛。桥总是好的，你可以不用它，但是它留有一种互动交往的可能，让人不会因为孤立而绝望。"桥"也是一种心理上的开放状态，是渴望交流的象征，以前年轻不太明白，现在懂了一些。我喜欢画家梵高，也喜欢日本浮世绘的绘画风格，日本浮世绘中关于桥的作品太多了，大部分风景画中总会出现各种各样的桥，而梵高临摹过很多浮世绘，其中就有不少临摹是以桥为主题的，他自己创作的作品中也有不少以荷兰本地的桥为主题。对桥的关注反映了人们心中某种深层次的本能——害怕孤立、渴望交流。所以，为了保持心灵之桥不至于荒圮，还是可以继续写下去，哪怕写一些暮春三月、莺飞草长的时节景致，写一些"花褪残红青杏小"的闲情，写一些星辰大海、花精树怪的漫无边际……生活中苦闷的、烦恼的、忧虑的甚至愤怒的事太多了，年纪变大，还是不能做到心平气和，孔子曾经曰"四十而不惑"，按照圣人的时间表，似乎我还有几年可以"惑"，圣人尚且如此，我等凡人也就不必自我苛求了。然而负面的东西不美好，又没有正能量，还是不写为好。就好比种花虽然不是必须，却可以在屋前给人看，赏心悦目，而垃圾堆、厕所粪坑一类的东西，虽然是必须的，却大可不必在显眼的位置展示。生活本来就不容易了，写点轻松悦目的，不香吗？

我喜欢的电影《肖申克的救赎》中有一句很有名的话："监狱里的高墙实在是很有趣，刚入狱的时候，你痛恨周围的高墙；慢慢地，你习惯了生活在其中；最终你会发现自己不得不依靠它而生存。"这种日常的乏味和烦冗对人进行的制度化的塑造不仅仅在监狱中发生，其实很多在制度化工作程序中生存的人都有一样的问题，就是慢慢地成了制度的附属，丧失了作为人的主体性，长期生活在黑暗中的人就会忘记了阳光。重庆武隆县的地下溶洞里有一种鱼，学名叫"武隆丽条鳅"，因为长期生活在黑暗中，它们视觉功能逐步退化，同时这种鱼也为适应所处的环境而演化，能够靠触须感知水流，触须因而不断变长，渐渐代替眼睛成为行为的引导，让它们可以在黑暗中生存。这种鱼终生生活在幽暗的地下，直到 2005 年当地翻修大坝时被修坝民工发现才为人所知。被制度化异化的人也与此相似，慢慢适应了黑暗，忘记了光明，最后连眼睛也退化了，成了黑暗的附属物，不知道也不渴求外面的五色斑斓，直到有一天重见天日的时候，也不再能看见世界的样子，甚至怀疑有另外的多彩世界存在。那些生下来就不曾知道阳光为何物的人，其实也就无所谓黑暗，好比从来没有吃过鲜鱼的猫儿，也会觉得猫粮是最美味的食物。只是那些曾经见过阳光，不能忘记溶洞外世界的鱼儿，为着有朝一日重见天日的时候，还是要尽量锻炼锻炼眼睛。文字或许就是凡庸生活里的一丝微光，或许不能让你温暖，也不能带来食物，但是借助它可以保持对外面还有五光十色的世界的记忆，让眼睛不至于因为习惯黑暗而退化。或许哪一天有人又来修大坝，打破溶洞，鱼儿可以游出幽暗的世界，在波光荡漾的河流中嬉戏，偶尔跃出水面，反射出活泼的、银色的鳞光。

2021 年 3 月 2 日

一个无关紧要的下午

　　下午去国胜大药房撮镇路店买药，买完出来后，走在店埠镇街道上，斑驳旧色中夹杂些许突兀的新潮元素。西边的太阳惨淡地红着脸，像一只蜷缩着的睡猫，恹恹地趴在屋顶上一尺高的天空中，沉沉地向着黄昏睡去。街上有腆着肚子的大汉，缩头摇膀地走着；有穿着睡衣的妇女，拍打晒在外面的被褥，恍惚间有尘埃腾起；有几个小孩在游戏，一个很小的被打哭了，哇哇地哭着，却没人理会他……

　　路过一爿小小的书店，名曰"至德书店"，位于一个文具店的二楼，由其店名不禁让人想到"采诗以显至德，歌咏以董其文"的句子来，于是下意识地踅进去，通过窄窄的楼梯走上去。看到架上大多是学生教辅资料以及一些少年儿童的文艺读物和畅销小说之类，本不适合我的趣味，但是由于疫情的原因以及近来自己愈发地疏懒，以至于很久没逛书店了，所以到了书店还是让人有一种归家般的平静恬淡，使人可以暂时从凡俗的纷扰中被解救出来，如一个溺水的人钻出头来吸一口气——于是就索性四处翻一翻。翻看了曹文轩的几本儿童小说，有一本"拼音美绘版"的《桂花雨》，有精美的水彩插图，而且全篇标注拼音，仿佛小学一二年级时语文课本上打星号的阅读课本。我最近有些怀旧，对于那些勾起我幼时记忆的东西都格外有一份情感。这时候隔着书架我听到有一个中学女生样的声音向售货员说道："麻烦帮我找一本钱德勒的《漫长的告别》。"声音细弱却干脆，让我忽然闪现一个奇怪的念头："要是有一个爱读书的女儿该多好啊！"但是转而又觉察到自己的荒诞和可笑，竟忍不住差点笑出声来——我在很多年以前也做过一个梦，梦见自己有一个女儿，长得很像苏菲·玛索，却只有七八岁的样子，有点类似法国电影《蝴蝶》（*Le Papillon*）中的小女孩那样天真可爱。我带着她在野外采集植物标本，捕捉昆虫，教她认识各种动植物。

　　翻看了苏联作家维·比安基《森林报》和沈石溪动物小说系列的《红豺》，我最近对动物有兴趣，对动物的故事也觉得温暖而治愈，记不得谁说过的"你越是了解动物，你就越讨厌人类"[1]，虽然可能有些极端了，却也不无道理。动物虽也有凶狠残酷的一面，但是它们至少不会炮制出虚伪的理论来钳制思想，好让猎物在牺牲自己时还要发自内心地感恩戴德，也不会一面要吞噬你的血肉，一面还要喋喋不休地作出一套"为你好"

---

[1]　法国大革命时候的政治家罗兰夫人（Manon Jeanne Phlipon）说过："认识的人越多，我越喜欢狗。"杨绛在《记钱钟书与〈围城〉》中也写过："我们常爱引用西方谚语：'地狱里尽是不知感激的人。'小猫知感……"

的聒噪的话术来，而且动物只是为了生存的必需才去捕猎，不会为了纯粹炫耀的奢饰品或者打发烦闷的娱乐而去杀戮。如此而言，即使最残酷的动物猎手比人类也更坦诚、节制，并且是自然法则的更好的遵守者。我拿了一本《古汉语常用字字典》在手里翻看，绿皮，圆角，挺可爱的。我试着查一下霍加狓的"狓"字本意，竟然无，不免失望，觉得太过简略，不堪实用，遂放归原位。

又到四周转转，发现小说区有一本贾平凹的《暂坐》，想翻翻看，见是塑封的就算了。转到边上的阅读室坐下来，有一对母女在低声细语地讨论着书本里的内容，十分和谐美好。一个有肚腩的中年男人，拿一本书在随意翻看，我瞟见封面是中信出版社的《销售之王》，虽然他们并不是一家人，却像极了我们社会的真实状态。大多数的雅逸和美好都需要背后的繁冗世俗去守护，有些人必须奋斗和付出，才能让家里人获得平静而美好的生活。《世说新语》有个故事说："桓大司马乘雪欲猎，先过王、刘诸人许。真长见其装束单急，问：'老贼欲持此何作？'桓曰：'我若不为此，卿辈亦那得坐谈？'"没有杀伐决断又哪里得来挥麈清谈，正如时下流行的那句话"所谓的岁月静好，不过是有人替你负重前行"。

根据我的习惯，一般走进书店后，都不空手而出的，一则不拿本书总觉得有失落感，再则也算对现实条件下艰难存活的实体书店略表一份仪式性的敬意吧。看到有一套中华书局出的《掌故》第六集、第七集，封面朴素却也不失雅致，让人看着欢喜。就打算买以塞责，看了定价还不便宜，只能象征性地选购一本，因为书被塑封了，看不到内容，只能通过封面上的文章题目定取舍了。第六集上有一篇写陈寅恪的文章，一看作者是 H 先生，我之前看过该作者的文章和随笔集，此老虽号岭南才子，以博学自衿，然而觉得他的文章猥屑浮夸，文笔油腻可厌，正如清人所言，治学最忌油滑，一入此道，则终身不救。遂买第七集，结账而归（回去打开后发现第七卷封面文章题目虽然没标明，实际里面也收录了 H 先生的文章，冥冥中既如此"有缘"，或以申诚我之刻意，有违圣人"毋意、毋必、毋固、毋我"之训）。

此时天色已经暗下来，太阳已经藏到了天际线下，被街角沉默的建筑边际切割的天空在余晖的反照下留下了五色的云彩，细微的光影并不为渐渐热闹起来的街巷里的行人和车辆所注意。太阳的余光就要收尽了，夜晚就要来临了，而人造的灯光将占据阳光留下的位置，渐渐地，天上已是幽深的黑暗，街面上却是灯火通明，而我的下午也结束了。忽然想到《万历十五年》的英文名"1587, A Year of No Significance"——无关紧要的一年，当时觉得无关紧要的一年却可能决定了历史。而今天觉得无关紧要的一天可能也会蝴蝶效应般地影响我们的人生，而我们长长一生不也就是由一个个无关紧要的上午、下午、早晨或者晚上垒砌而成的吗？

2022 年 5 月 1 日

第三辑　风物长情

乡闻十记

写在前面的话

其实我以前一直是不太重视文学写作的，觉得文学写作实际上是有些虚弱和空泛的，曹植说："辞赋小道，固未足以揄扬大义，彰示来世也"，认为文章小道，本不足论。你看那些搞学术的都要经过很正规的训练而且要有文献资料支持，才能做出令人信服的成果，而文学写作，就在斗室之间，凭空臆造，真是有些太过轻巧了吧。据说当年刘文典在西南联大给身边教授估价，说陈寅恪值一个月四百大洋，自己值四十大洋，而写散文的朱自清值四个大洋，搞小说写作的沈从文连四毛钱都不值。刘文典有点夸张了，但也可以看出，当时一般风气还是认为做学问比搞文学创作要更有含金量。

实际上写出好的文学作品也绝对不是容易的事情，但是搞学术对于外在条件的要求可能更苛刻一些，以前念书时曾参加一个学术会议，听中国艺术研究院的任大援先生说过"求学问要：良师、益友、大城市"。人文学科做学问主要就是要有资料，要有那种学术的环境。因为硕学的老师和投契的净友，以及大城市的丰富学术资源不是到处都有，所以可以出草根的作家，却从来很少有草根的大学者。然而文学"志思蓄愤，而吟咏情性"，乃出于人之天性，相较于学术更贴近凡俗生活和生命本真。上次"新安读书月"请来上海作协副主席陈村做讲座，讲座主题是"文学与白日梦"，他认为，文学是对不满意的现实生活的美化和慰藉。他说得有道理，生活太艰辛了，总要有些宣泄的出口和避难的居所。不过文字还有一种有趣的作用，就是把弥散的生活现实中的个别场景捕捉住，定型化，使其成为可以随时鉴赏的一个玩物。好比外边的风景，无边无际，但是以窗户为相框，隔出一个独立的可供赏鉴的景观，或把动物制成标本，永远固定住他们一瞬间的生动。

其实在中国这样一个有强烈历史传统的文化中，文字被天然赋予了保留记忆的功能。中国近代以前，没有西方式的完全虚构的 fiction 或是 novel，有的都是"史"的各种变种，比如《隋炀帝艳史》《儒林外史》等小说直接以"史"命名，而《聊斋志异》的作者自称"异史氏"，认为自己是记录奇异历史的人。四大文学名著中也都是有历史原型的。《西游记》虽然多是神鬼奇异之事，但骨干还是基于唐代高僧玄奘西游印度求法的事实。《水浒传》里面的人物也大多有原型，《宋史》《三朝北盟会编》《建炎以来系年要录》都有宋江、方腊等事迹的记载，文献家余嘉锡更著有《宋江三十六人考实》，一一考证三十六天罡的历史原型。《三国演义》不用我说了，《红楼梦》研究中就有索隐一派，至于到底是记载曹家的事，还是明珠家的事，还是"金陵张侯"家的事，甚或影射废太子胤礽，没有定论，但是所记载的必有所出大概是一定的了，正如章实斋所说"子集诸家，其源皆出于史"。

因为最近挺闲的，就把以前听到的一些传闻，记录整理一下。其中有些故事，听别人闲聊时不觉得有何特别的趣味，一旦化为文字，再去读的时候，就有了俄国形式主义文学理论上所谓"陌生化"（defamiliarization）的审美效果。名为"十记"，实际不止此数①，只是觉得若说"十二记"或是"十五记"有些拗口。毕竟《诗经》的"诗三百"也不是正好三百，貌似有三百多，既然有这样的先例，我也就姑且名为"十记"。故事虽然俚俗，但是俚俗不正是大多数人的生活状态吗？精英们不会关注俚俗的社会，那些平凡的生命生了死，死了生，没有物质的或是精神的墓碑。我要记录下来他们的故事，献给那些生活在黑暗中卑微的灵魂和我生活其上的这块伤痕累累又倔强不屈的土地。

2011 年 8 月 30 日

---

① 在编纂文集过程中，删去了几则，只选取了十篇收入。

肥西的周姓

肥西姓周的人很多，周围亲戚朋友都不乏其人。概而言之，主要有两支，一支叫"山周"，一支叫"殿周"。"山周"祖先周福德从江西迁到肥西，定居于紫蓬山下，故名"山周"。"殿周"先辈明季自江西迁居合肥后，有一个名叫周鸿祺的，始卜居肥西之六十里雷麻店，地名殿周大郢，故名"殿周"。

其实，据我所知，肥西的周姓，很多是冒名的。晚清民国时，国家失序，地方上土匪横行，合肥地区也不例外。不过合肥西乡（今天的肥西）遍布淮军宿将后代建的圩堡（俗称"圩子"），尤其是周盛波、周盛传子孙修的圩子，在当地势力最大，都配备有较强的武装，为了保护自身财产安全也兼及维护地方秩序，对土匪决不姑息，抓到一律处死。远近土匪都很畏惧，不敢到圩子周围行劫，或即《汉书》所谓"山有猛兽，藜藿为之不采"之所谓。因而远近居民为了避匪就迁居到周家圩子周围居住，因为外来者大多单门独户，为了免受他人欺侮就冒姓周，借周家声威来保护自己，久假不归，后世子孙竟将错就错，沿用周姓不改了。

还有一说，巢湖上有湖匪自称"巢湖司令"，名叫周行业（音），他的手下，不但劫财，还绑"花票"（就是抢女人），十里八乡的大姑娘、小媳妇们都惶惶不可终日。不过周行业虽然为匪，却也是个讲究人，"盗亦有道"，他规定"周家的媳妇可以绑，周家的丫头（皖中土语'女儿'）不可绑"，意思是说姓周的妇女不能绑,不姓周的妇女就无所顾忌了。《左传》上讲"男女同姓,其生不蕃",土匪没读过《左传》,但宗法思想和儒家伦理大概还是对他们有影响。不管怎样,当地百姓为了免祸,都自称姓周。

2011 年 1 月 11 日

许善仓

许多年前,我们镇子上出现了一个流浪汉,只听人们在谈论他时称他为"许善仓",到底对应是哪三个字也不得而知,甚至是姓"许"还是"徐"也不大了然。

与其他流浪汉稍稍不同的是,他常常被人在闲聊时谈到,因为他有一个广为人传道的特点:"懒"。后来,人们渐渐不称其名,而直呼其为"懒虫"。关于他"懒"的典故很多,乡里传为子弟戒,其中一个是:有一辆货车从镇上的公路上过,掉下一袋面粉,他看到后只用碗舀了一碗,剩下的就不要了,人家看他可怜,劝他把面粉背回去,慢慢吃。他说一袋面粉太重了,他只舀一碗,晚上回去够吃一顿就行了,大有"弱水三千只取一瓢饮"的禅趣和高逸。我想他那时还可以回去自己做着吃,大概还没有完全沦为乞丐。而我所记得的许善仓已经是一个标准的乞丐的形象了。

据说他有一个老父亲和一个哥哥,原非孤身一人,我们村里确有一户人家的媳妇姓"许"(或是"徐"),据说就是他侄女,因而他从不去我们村乞讨——可见他还是要脸面的。他受过教育，有说是初中毕业，有说是高中毕业。据说有一次有个人在镇上粮食加工厂卖粮食，让他帮忙写个收据，他要了人家五毛钱。也曾有一家早点店的老板见他可怜，又身强力壮，就对他说只要每天为店里挑几担水（那大概是十几年前了，现在都是自来水，无须挑水了），包他吃住，每个月还给他几个零花钱花花，也可以免于沦为乞丐，他没有干——可以理解，掉在地上的面粉都懒得捡，哪会有耐心给人挑水呢？

据说他下棋的水平很高，仿佛《儒林外史》中的王太了，又有人传说他是国民党安排在这里从事地下工作的，又成了《迷途》中的郑蕴侠了。在天气好的时候，他会走到乡间，在池塘里洗了澡，躺在向阳的岗头上晒太阳，似乎有曾子"浴乎沂，风乎舞雩，咏而归"的境界了。

前不久他被一辆车子撞死了，好像也没有台湾方面的人来过问此事，只是以前那些问都不问，见了避之唯恐不及的侄儿侄女们都跑过来，要来分他的死亡赔偿金了。

2011 年 8 月 30 日整理

小镇疯子

很多年前，那时我还是一个小孩子，在小镇道路两旁经常见有衣衫褴褛、蓬头垢面的流浪的精神病人，过一段时间就神秘消失了，不过可能过一段时间又再次出现。我一直对此感到奇怪又困惑，他们是如何做到这样周期性的"神隐"的？

流浪的精神病人之所以不被接纳，根本原因是他们可能带来一定的安全隐患，可能发生破坏公私财物和攻击人的行为，特别难以防范的是他们"放火"，因为他们这个群体很多人有抽烟的习惯，却没有正常人的防火意识。另外一旦他们生病或者死亡，当地有救治和处理善后的道德义务。所以即使地方公共管理部门不采取措施，当地居民也会采取同样的办法来处理。N 街道上曾经出现了一个流浪的精神病人，大概是因为扰得四邻不安，于是大家就凑钱请人用车把他送走了。还有一个流浪的精神病人在街上拿人点心吃，吃过后嘟囔道："没有 X 镇的包子好吃。"众人道："原来是 X 镇过来的"，于是把他送到 X 镇去了。

福柯在《疯癫与文明》中写道："这种船（愚人船）载着那些神经错乱的乘客从一个城镇航行到另一个城镇。疯人因此便过着一种轻松自在的流浪生活。城镇将他们驱逐出去；在没有把他们托付给商旅和香客队伍时，他们被准许在空旷的农村流浪。……被市政当局拘捕的疯人。他们通常被交给船工。……有时，水手们刚刚承诺下来，转身便又把这些招惹麻烦的乘客打发上岸。法兰克福有一个铁匠两次被逐，但两次返回，直到最后被送到克罗兹纳赫。……市政当局以此把游荡的疯人遭送出自己的管界。"①

---

① ［法］福柯：《疯癫与文明：理性时代的疯癫史（修订译本）》，刘北城、杨远婴译，北京：生活·读书·新知三联书店 2012 年版，第 10—11 页。

公路代替河流和海洋，汽车代替了船，在现代的技术条件下，演绎同样的古老主题：对"疯子"的流放。在社会没有建立体系化的监狱、精神病院，或者这样的设施不能很好地运行时，不能对疯子实行监禁和"治疗"的条件下，最好的或者唯一的有效措施就是驱逐、流放。

处理疯子的问题是一个社会隐喻，说明我们这个时代和福柯描绘的中世纪一样，对任何社会秩序的不遵从者或者被认为是对社会安全和秩序造成危害的人（疯子）采取的措施就是将其从社会整合中剔除出去（流放）。至少底层社会是这样的。

2009 年 7 月 18 日

狼

听老人们说，以前的肥西，狼是很多的，《紫蓬山志》记载：狼，形状如大狗，毛苍色，耳耸嘴裂，性残忍，喜肉食，往往伤小儿鹅畜等。

山里人家都被狼闹得不得安生。我家有个远房太叔祖曾娶了一个拆字先生的遗孀做老婆，她讲过她寡居时遭狼的故事：那位拆字先生好像是病死的，留下孤苦伶仃的她带着幼小的儿子寡居在团山那边一间简陋的土屋里。孩子很小，大概还在襁褓中，有天夜里，一只狼从茅草屋顶上掏出一个洞，向下窥看，觊觎着襁褓中的婴儿。受惊的母亲自是整夜不敢入睡，一夜的惊魂不定是可以想见的。这个故事里的母亲虽然受到了惊吓，但是狼没有对母子造成实际的伤害，结果还算是有惊无险。大概这样的惊吓对当时的山里人总是不免的，可是并不是所有人都那么幸运。

以前有个叫大改（音）的人，家住在山里，在某一年的夏天里就突如其来地遭遇了狼带来的悲剧。合肥夏夜暑热难耐，那时候没有空调和电风扇，人们习惯在户外乘凉，合肥话叫"凉风"（不是凉爽的风，而是乘凉的意思，"凉"作动词），大概当时一般人家里没有专门乘凉用的竹床（合肥话叫"凉床"），孩子们都因陋就简地睡在用来晒东西的大竹匾中（皖中土语唤作"大团磨"）。然而狼在黑暗中来了，叼了他家的小孩就往山里跑，小孩已经五岁了，哭喊着"妈妈，我在这，快来救我"。乘凉的乡民一听说有狼，早吓坏了，都四散回家，紧闭门窗，对于可怜的孩子，以及惊慌的母亲的撕心裂肺的呼救是充耳不闻的——没有人出来相救。

孩子的声音渐传渐远，等到天明，悲伤的母亲循着踪迹，寻到山中，只寻见了孩子的小鞋和昨夜盖在身上的被单——满是残留的血污。

这个故事我很小时候就听人说过，后来上学学了鲁迅的《祝福》，看到里面阿毛的故事又让我想到了这个故事。这个故事第一次使我了解人性的冷漠，让人不寒而栗。

狼之食人在当时绝非孤例，山民与这种食物链顶端的恶兽之间的冲突，从另一方面也反映出当时紫蓬山地区野生物种之丰富程度迥异于现在，郭崇毅的文章《创建国营紫蓬山林场前前后后》中曾忆及当年本地山林间"原来是有大头猫、山羊、狼与鹿这些野兽的。老人有名有姓地说，挑柴人某某半夜到聚星集赶早集，曾被狼围住……"此文背景为二十世纪五六十年代，然而几十年后，不要说紫蓬山地区由于生态的恶化中大型野兽越来越稀见，狼也随之绝迹，就是整个安徽省也几无狼踪可寻。1997 年安徽动物保护部门曾经和日本农工部大学联合开展"安徽狼的生态调研"，中日双方科研人员寻遍全省未见狼的踪迹，甚至以五千元登报悬赏寻狼，最终也没能找到一只狼，调研只好尴尬收场。①

这种曾经令本地山民谈之色变的恶魔般的野兽在自然生态的变迁面前也只能黯然退场。曾经狼吃人制造了多少的人间悲剧，而狼和人之间的冲突最终竟以人对自然的破坏而让狼绝迹的方式结束，这或许也是另一种悲剧吧。

2009 年 2 月 5 日

独　匪

新中国成立前，肥西土匪很多。一则因为当时国家失序、兵荒马乱，弱者无以自存，强者起为盗贼，即肥西民谣所谓"遍地黄花开"，匪患猖獗，连段祺瑞的父亲都在回乡路上被人劫杀。二则大概因为合肥地处丘陵，以前水利设施不好，稍遇灾害，普通人家就可能衣食无着落。如《合肥县志》所言"地处高阜，

---

①　吴国辉：《动物资源大省的保护难题》，《野生动物》2004 年第 3 期。

灌溉既为难，以故不耐旱潦，田畴之利，民居其间者，多无盖藏，一遇祲岁，辄不能支"，胆大者就会铤而走险，肥西俗语说"贼无种，旱年生"。[①] 有股匪，多持有刀斧甚至枪械，成群结队，大多抢劫大户人家。又有一般土匪，俗称"棒槌匪"或"榔头匪"，三两结伙，甚至独身一人，手中惟持有棒槌、榔头而已，只敢打劫孤寡人家。这样的土匪光靠抢劫不足以为生，大多白日为农，夜间为匪。

有这样一个故事：某家男人出远门了，夜间有一独匪，敲门砸窗，意欲行劫。独自在家的妇人，急中生智，把木锨（一种农具）的木柄伸出墙上的猫洞（即"笑人齿缺曰狗窦大开"中的"狗窦"，留在墙上以备猫狗鸡鸭出入的），高声喝道："再不走我就开火了。"——当时为了防匪，稍有资财的，家中都备有土制猎枪（俗称"洋炮"）等武器——土匪一看猫洞里伸出黑洞洞的管子，夜黑风高，难辨真假，只得落荒而逃。

次日她到邻居家串门，与邻居女人闲谈之中，就说到昨晚遭遇土匪的事。"真是吓死了，幸亏一时生智，用木锨把儿把土匪吓跑了。"邻居女人直夸她机智果劲。

当天晚上她男人从外面回来了，入夜，土匪又来砸门，她男人这次把真猎枪从猫洞里伸出去，大声喝道："再不走我就开火了。"这次那个土匪置若罔闻，砸门愈烈，她男人情急之下，开枪把土匪打倒在地，开门把土匪头上俗称"狗套头"的帽子

---

① 非自甘为匪，实不得已，即《论衡》所谓"为善恶之行，不在人质性，在于岁之饥穰"。

（戴上后只露出两个眼睛）揭去，原来这个土匪就是那个邻居家男人。

2010 年 5 月 17 日

黄鼠狼

黄鼠狼，俗称为黄猫，乡间传说鼻尖为黑色者就有神通，不是凡类，因而不能直呼其名，而要避讳，称之为"大仙"。皖中有"黄鼠狼变猫，再变也变不高"的俗语，已示黄鼠狼有变化之功了。

黄鼠狼的皮毛比较值钱，乡间多有人专门下夹子捕杀黄鼠狼，以剥其皮毛出售。我家有个远房亲戚就曾以此为生计，有段时间他晚上下的夹子，早上去收时，都被扔到一边或是连夹子也被破坏了。他很纳闷，心想大概是哪个人和他恶作剧，或是同行竞争，故意搞破坏。于是他决定晚上蹲守，看看到底是谁所为。

皖中的冬夜是很冷的（捕黄鼠狼一般都在冬天，原因大概有二：一则冬天皮毛质量较优，且天寒食物较少，易于捕捉；再则冬天新剥的皮毛可以保存较长时间不变质），他就带着"火球子"（一种土制取暖用具）①，爬到一棵树上守夜。夜幕一降，

---

① 《肥西县志》言火球：泥陶制，形似半球，上有提把，内放锯末、干牛粪或谷糠壳做燃料，从灶膛内取些燃烧的草木灰放上即可取暖，烘手暖足皆宜，可随手提带。

温度也渐渐降下来，夜风也凛冽起来。他缩在棉衣里，抱着火球子，竟然也渐渐起了睡意。

正在他在迷倦之际，忽然"咕哒"一声，不知从哪来了一个白须老翁，正在把他布下的夹子，一个个扔得老远，边扔边说："伤到儿孙们，就不得了，迟早给他点亏吃吃。"我那远房亲戚听他这么一说，当时一吓，抱在怀中的"火球子"就掉到地上，"哐当"一声摔个粉碎，那老翁也一下子不见了。

自此以后，我那远房亲戚再也不从事夹黄鼠狼的营生了。

2011 年 8 月 30 日整理

陈唐替死

武壮公（即淮军将领周盛传，谥武壮）有次带队伍路过孙状元圩子，圩子里面有人用炮向他们轰了两炮，武壮公一气之下，下令攻下圩子，把里面杀个鸡犬不留。孙状元家于是告状到京，朝廷判定武壮公死罪，定于某年某月某日，推出午门外，三声炮响，就要开刀问斩。

武壮公是李鸿章部下爱将，李爱惜武壮公之才，有意救他不死，但又不能不顾朝廷法令，于是想出一计，以求两全。李鸿章招集手下众将宴饮，酒酣耳热之际，把武壮公将要被斩一事对众人讲了。手下众将群情激奋，认为武壮公不该被斩。李鸿章见时机成熟，就说："薪如（周盛传字）是国家栋梁，有谁愿意为国家惜才，代薪如受死？"众将中有个叫陈唐的，一时

义愤，加上酒劲冲头，就慷慨答应给武壮公替死。李鸿章大喜，
激以大义，然后让他穿戴武壮公衣冠。次日时辰一到，陈唐被
推到午门外，就要代替武壮公被问斩，而监斩官正是李鸿章。
这时候陈唐酒意已醒，后悔昨天失言，向李鸿章大喊："中堂大
人，我不是周盛传，昨晚所讲都是酒后戏言。"李鸿章哪里肯听，
三声炮响，陈唐人头落地，真武壮公为避风头也归隐乡里。因
陈唐保武壮公有功，李鸿章（一说周盛传）出资为陈唐家人修
了陈大敦圩子，以为抚恤。此圩子至今犹在。

后来国家又遇战乱，朝廷中的太后说："要是周盛传这样的
人才在，就不至于此了。"李鸿章委婉地说："天下这样的人才
还有。"太后也隐约知道周盛传未死之事，就说："若周盛传还
在人间，就赦免前罪，官复原职，为国家效力。"于是武壮公
又出山，立下许多战功，后来官至湖南提督。

这个故事是我听村里一位时年八十四岁的老人张聚福口述
的，涉及几位知名的历史人物，但是真实性难以确定。根据我
以前的经验，乡土中流传的知名人物的故事——尤其是淮军人
物——他们的事迹被记载在官方的历史文献中，而这些故事往
往是民间传说和文献信息的交融，做一些文献考证才能找到事
实的真相。于是我就查对了有关文献,根据《异辞录》记载:"淮
军自团勇起，寇至则相助，寇出则相攻，视为故常。"由此可
见，周盛传和周边圩堡势力发生冲突应该是很正常的，考当时
合肥周围可称为"孙状元"的只有一人：孙家鼐。孙是安徽寿
县人，咸丰状元，历任工、礼、吏部尚书，文渊阁大学士、武

英殿大学士等职，和翁同龢一起担任光绪皇帝老师。但根据孙家鼐为周盛传撰写的《周盛传神道碑》来看，其中多有溢美之词，不可能与周有破圩覆家之仇。因此周与孙状元圩子的冲突或是谣传，或是另有其事。淮军凶悍骄纵，作战志在虏获，多有掳掠滋事行为，而周盛波、周盛传兄弟先后统领的"盛军"更是素有骚扰之名。王尔敏《淮军志》记："剿捻之役，周盛波所部盛军，声誉最劣……同治六年在河南唐县少拜寺，杀戮居民至一百三十六人之多，酿成巨大讼案，李鸿章亦不得已派人会查。"查《清史稿》，周盛波传记部分对周盛波因此案被褫职、复职经过记载较详，"（同治）七年……西捻平……寻以前年所部攻破河南唐县民寨，惨毙多命，为巡抚李鹤年所劾，褫职，交李鸿章按治，以盛波身在前敌，免其科罪。九年，鸿章疏陈盛波功多，复原官。"此讼案或即为本故事原型，不过把周盛波、周盛传兄弟混为一谈，又与在本地颇为知名的"孙状元"糅合在一起，故而有攻破孙状元圩子一节。

2010 年 2 月 23 日

鬼　声

小的时候，居住在乡间，常常听外祖母说："人在快死的时候，魂会先飞出去。"据说飞出去的魂魄掠空而过，声若鹅鸣，愈行愈杳，以至于无。每当听到类似鹅鸣的声音从天空中掠过，外祖母就会说某某人"魂走了"。我未敢相信，以为只是乡间的俗谈。

近来无事，闲览明季史籍，看到《江阴守城记》记载："是日，城上人呐喊，外兵闻之皆鬼声。城中四隅空旷处，遥见白鹅数万飞泊，迫视之，毫无形影，识者谓魂升魄降，白鹅者，即劫数中人之魂也。"始觉以飞鹅喻魂魄，绝非吾邑独有。

又《晋书·五行志》记载："孝怀帝永嘉元年二月，洛阳东北步广里地陷，有苍白二色鹅出，苍者飞翔冲天，白者止焉。此羽虫之孽……是后，刘元海、石勒相继乱华。"可见飞鹅的死亡意象早已有之，想其渊源或来自佛教，但是苦于无书可查，没有佛经上直接的证据。

后来在詹姆斯·霍尔著《东西方图形艺术象征词典》"天鹅"条找到了一个佐证："古希腊人相信，天鹅临死时才会鸣叫，唱出它惟一的歌声，因此天鹅象征迎接死亡的基督殉难者。……在印度和佛教艺术中，它有时替代鹅。"

在整理书稿期间无意间看到《读书》（2016 年 01 期）杂志上浙大孙英刚教授的一篇题为《大雁与佛教信仰》的文章中提到：梵文"hamsa"（汉语对音为"桓娑"），西方和印度学者倾向于翻译为"天鹅"，而中国则多以"雁"对译之，或因天鹅在西方较为常见，而雁则对于中国人更为熟悉之故。"hamsa"（桓娑）在佛教中代表灵魂、涅槃、重生之意，其飞翔的意象也代表跳出六道轮回。总之雁（桓娑）与死亡和灵魂的飞升离体意象有关，且吾乡素称雁为"雁鹅"，又因家鹅不具备长途飞行之能力，故乡人所述掠空而过之"鹅"或即"雁鹅"之略，实即佛教之雁（"桓娑"）。

另有一则辅证：曾与六祖慧能四问四对，得六祖印证成一宿觉的玄觉禅师，受一方敬仰爱戴，或为显禅师之灵异与德行，传说其圆寂时，空中有千只大雁飞来，齐声啼叫，仿佛为禅师护驾西归。《宋高僧传》记其事曰："又未终前，有舒雁千余飞于寺西，侍人曰：此将何来？空中有声云：为师墓所故从海出也。"

初稿写于 2019 年 9 月 9 日，

后两段为 2022 年 10 月 23 日补记

释"刁"

从语言常识来看，普通话里面，"刁"有不好的意思，比如刁民，就是不良的百姓；当然也有比较正面的意思，比如"刁钻"，"这个球打进去的角度很刁钻"，就是说很有技巧性，不寻常。结合上面两个词义，可以看出它们的交集就是"不同于寻常"：不同于寻常百姓的人，负面的就可能是刁民；不同于寻常的手段，正面的就是刁钻。"刁"的原始意思是什么，因为手头没有词源方面的字典，没法查。不过根据孔子"礼失求诸野"的定律，我可以从方言里面看看"刁"保留的原始意义。在合肥话中，"刁"没有任何负面意思，他是"孬"（指笨或者不好）的反义词，主要是指聪明。小时候唱儿歌"你刁，我孬。

你掉（刁）到茅肆①，我来（孬）捞②"，翻译成普通话就是"你聪明，我笨蛋，你掉到厕所，还要我来把你捞上岸"。刁在这里就是聪明的意思，不过也带有谐谑的意思，但绝没有贬义，不能翻译为"狡猾"。我们可以说"这个孩子很刁"，但绝对不能说"日本鬼子很刁"，因为"日本鬼子很狡猾"在合肥话里应该说"日本鬼子很坏"。

那么聪明的"刁"为什么变成了"刁民"的刁呢？原因很简单，古代的统治者认为"民愚则易治"，作为民就要"愚"，一旦"刁"了，就是不良的民了。孔子不是说"民可使由之，不可使知之"吗？就是不要让老百姓知道道理，让他干活就是了。一旦知道道理就不好了，就要把你作为刁民对待，严加惩处。小时候看《圣经》看不懂，觉得智慧树上的果子可以使人聪明，为什么上帝不让亚当、夏娃吃呢？为什么亚当、夏娃吃个智慧树的果子变得聪明了，知道善恶了，就要被上帝赶出伊甸园，受到种种惩罚，最后还带累子孙受"原罪"？大概就如鲁迅讲的"知识即罪恶"，有知识的人是要被"拱进""油豆滑跌小地狱"受罚的——虽然戏谑，但直指要害。不是吗？魔鬼的原名叫路西法（Lucifer），就是带来光明的人，而盗火的普罗米修斯不是被宙斯施以最深重的惩罚吗？中国古代智慧的人

---

① 所谓"茅肆"者合肥方言指厕所，也是保留了上古雅言的，"肆"就是场所的意思，比如酒店古代叫"酒肆"，"茅肆"就是茅草覆盖的场所，以前的厕所大多为茅草覆顶。

② 合肥话 n 和 l 不分，所以"捞"和"孬"同音。

叫"哲人"，哲是什么意思呢，哲者折口也，折就是关闭的意思，比如"把东西折起来"相当于 fold，所以哲人就是"折口之人"——闭嘴不说的人，才是聪明人，所谓"大音希声""大辩若讷"的智慧。

在中国古代有一种罪叫刁民罪，或即鲁迅所谓的"可恶罪"①，少正卯死于这个罪，李贽死于这个罪，金圣叹死于这个罪。没有原因，就是因为你们这些人有点聪明又不听话，也就是"刁"，又加上不懂得"哲"——闭口，不懂明哲保身，自招欲加之罪。

2011 年 4 月 14 日

紫蓬旧事

合肥周边的人大概都知道肥西有个紫蓬山。这个以前"鬼不生蛋，鸟不拉屎"的地方，如今是"阔了"，附带着把我的家乡农兴镇也随喜改作紫蓬镇，读起来颇为拗口，也没有办法。

二十岁以上的肥西人，如果不是自小在外，都应该知道这紫蓬山原来叫李陵山。这山名的由来，乡间流传的版本颇为不同。有一种说法是：西汉名将李陵葬于此山，故名李陵山。然而李陵是抗匈奴的名将，后归降匈奴了（司马迁就是因为替他说了几句好话，就被武帝施以宫刑）。考其平生事迹，从未来

---

① 鲁迅《而已集·可恶罪》："……只消以一语包括之，曰:可恶罪。譬如，有人觉得一个人可恶，要给他吃点苦罢，就有这样的法子。"

过合肥地面，《汉书·李陵传》："陵在匈奴二十余年，元平元年病死。"可见李陵不是死在中原故土上的，更谈不上葬在合肥了，就是衣冠冢恐怕也不会平白无故建在当时尚为蛮荒的江淮夷地界吧。另一个版本说是三国时，曹魏名将李典死后归葬于此，建有陵墓，故名李陵山。李陵山实为"有李典陵墓之山"之谓也。虽未曾见于正史，还是有些可能性的。因为三国时合肥是曹魏与东吴的军事交界处，合肥现在还有曹操的教弩台，至于张辽大战逍遥津的故事大家都是知道的吧。《三国志·魏书·二李臧文吕许典二庞阎传》李典传记部分记载"太祖嘉之，迁破虏将军。与张辽、乐进屯合肥"，所以李典作为地方镇守大将葬于紫蓬山是可能的，不过未见正史记载，不敢轻信。还有一种说法，说这山上曾有一李陵大王，但这李陵大王又是何方神圣却没人知道。不过我想大概是先有李陵山的称谓，后来山中有个山大王，人称李陵大王的吧。据《肥西县志》记载，紫蓬山在太平天国和民国时期是土匪出没的地方，保不齐就有一个叫"李陵大王"（就像巢湖中的湖匪叫做巢湖大队，匪首人称巢湖司令）。

　　传说讹误太多了，加上人们自己的理解，成为口头文学了，文字材料有一定稳定性，是应该更可靠一些吧。

　　据董岗蛇形地村《吴氏宗谱》卷二十三《紫蓬山功德碑》载："金斗城西七十余里有李陵山，斯山之巅其南向者有庙曰：李陵。庙本十方香火，由来已久。明万历八年吴、程、刘、卞同建玄武殿于前，额其门曰：福地紫蓬。故此李陵山后又名紫蓬山。"又《嘉庆合肥县志·古迹志》载："李陵庙，在李陵山顶。相传山为魏将李典屯兵处。陵，典之祖，典为之立庙于此。"类似的记载还见于《紫蓬山志》。可见山是因庙得名，而庙是李典为祭奠其祖李陵而建，似无疑义。

山上高处曾建有转心楼，据说登楼东望，可以看到巢湖湖面上的小船，像一只只鸭子一样浮着。山上有个西庐寺，以前也是一方名刹，香火旺盛。寺庙规模不小，据说有九十九间半的房子，至于为什么不建一百间，乡间传说是只能造九十九间半，若建到一百间时，必然会塌掉半间，至于为什么会塌就无人知道了。或许真只建了九十九间半房子，或许只是人们传说，我想这大概都是人们心中普遍存在的某种对完美的禁忌心理吧。据说故宫中的房间也是九千九百九十九间半，而不是一万间。正如《西游记》中取经返途中有经书落水，晒经石上，经书破损一样，"此事古难全"。可惜这些古迹在"破四旧"中都被毁了，连庙中塑了金身的大佛，也被脖子上缠上绳索，用拖拉机拉倒了。

我在小的时候听人说过庙中有个袁二和尚，是可以降蛇伏虎，治病禳灾的。据说他原是个太平军的将领，太平天国失败后，落荒于此，因为平生杀人太多，常梦有人索命，因而不能安睡，后来偶然跑到西庐寺的神龛下睡了一觉，发现可以睡得很踏实，于是在此落发为僧，行善救苦。只是一个太平军将领如何一下子就转变为一个可以"降蛇伏虎，治病禳灾"的高僧，确是有点蹊跷了，当然传说只当是传说，不必深究下去了。

后来查了一些资料，发现这袁二和尚并不是虚构，其真名叫袁宏谟,法号通元。袁宏谟家境贫寒,其妹许配给同邑周盛传。遇到荒年,袁家和周家都无以自存,于是他就与周家商议出路,商议的结果是把其妹另聘一家,得些聘礼,两家各自分了救命。后来太平军来了,袁跟太平军走了,而周氏兄弟自组团练,后来跟随李鸿章,加入淮军,在平定太平军和捻军中,立了很大的功劳,受到朝廷的封赏。周盛传《武壮公遗书》中自述"办团练以迄,清赭寇、平西捻,转战吴、楚、海岱之间","兄弟蒙恩,并膺节钺",周盛传先后担任过直隶天津镇总兵、湖南提督等要职。而袁宏谟投太平军后,入忠王李秀成麾下,屡建战功,累升至将军,太平天国运动失败后,袁宏谟无处安身,这时已经发达的周氏兄弟不忘旧情,捐重资重建紫蓬山西庐寺以居之,从此袁就在此开坛传戒。即《紫蓬山志·通元和尚同戒录序》所记:"兵燹后削发入山,不谈时务……传戒普度同人。"[1]

因周盛波、周盛传兄弟所部长期驻扎天津,周家在天津颇有产业,不过肥西毕竟是其家乡,古人讲"富贵不还乡,如着锦衣夜行",而且当时淮军中名将多有归隐乡梓的,如刘铭传、张树声等。所以周家在肥西治有产业,上了年纪的人都知道现在的农兴中学原来叫周老圩,是周家的老圩子,旁边还有草圩

---

① 李恩绶《紫蓬山志》附录徐良辅《通元和尚同戒录序》:"通元和尚者,周军门内戚。"同书附录封勤扬《西庐寺通元方丈小序》:"迹其壮年历劫,曾思拜将登坛;迨至末路逃禅,那计张弓挟矢?"语虽隐晦,但细节与传言多合,可见通元和尚的事迹其来有自,绝非向壁虚构。

子，现在已成了一个小村子了，还有底下圩子，新中国成立后改为福利院（俗称残老院），现在被开发商改建为休闲山庄"淮园"了，还有其他一些圩堡，如上头圩子、曹小圩子，构成了一个圩堡群。圩子就是一个有防御工事的庄园。周围有壕沟，里面有土楼碉堡，周围可能还辅有炮台，周老圩周围现在还有叫"大炮台"的高地。以前我在那上初中时，学校清挖壕沟时还挖出铜炮一尊，上面好像还铸有"光绪某某年造"的字样，可见防御力量的强大。

美籍华人历史学家唐德刚先生是肥西唐家圩人，在他的《杨振宁·传记文学·瓦砾坝》一文中对合肥的圩堡有这样的介绍："它（圩子）是黄淮一带平原上，动乱岁月里，农民聚族而居、扎寨自保的一种东西。……其实在我们那一带扎圩子的也不只我们姓唐的一家，沈从文丈人家'张家'也是一个。另外还有个'刘老圩'。另外还有个'周老圩'。合肥东乡还有个'李家圩'出了个李鸿章……真是欹欤盛哉。"

2010 年 3 月 8 日

阚铎与肥东石塘阚氏

我做毕业论文的时候在日本学者羽田亨的《景教経典志玄安楽経に就いて》一文序言中看到一条信息："従つてこね を收蔵せらる李盛鐸氏に對しては、我が内藤博士を始め、中華民國の阚鐸氏、吳燕紹氏、徐鴻寶氏などを煩はして墾篤な紹介を得、殊に阚、吳兩氏は熊熊北平から天津まで赴いて斡旋の勞執つて呉れられたのであつた。"〔意思是：至于拜访收藏有这些藏品的李盛铎，我得到了由内藤博士到中华民国的阚铎、吴燕绍、徐鸿宝等人的诚挚的介绍，特别是阚、吴两人热情地从北平来到天津，一直不辞辛劳地从中斡旋。原文参见《羽田博士史学论文集（下卷）·言语宗教篇》，东洋史研究会 1958 年版，第272 页。〕

文中所提到的"吴燕绍""徐鸿宝"是我相对较为熟悉的，而"阚铎"之前却没听说过。当时我就去国家图书馆古籍馆，把馆中有关他的藏书都找出，希望能找到一点线索。在古籍馆有三本关于阚铎的书籍：《红楼梦抉微》《阚氏故实》《金石考工录》,其中《金石考工录》(北平余园藏版,油印,无年代)后附有李蒨《先夫子阚公霍初行状》,是阚铎的传记,其中提到"先夫子阚公霍初讳铎,晚年号无冰,合肥人,迁居苏州,其先系出黄帝,散居天水、会稽等处。"可见阚铎是合肥人,但是并没有确定他到底是合肥哪里人。

我以前在肥西从没有遇到姓阚的人,而来肥东工作后发现肥东姓阚的人很多,而且现在的石塘镇边还有一处地名就叫阚集,有阚姓族人聚居。我想阚铎是不是与阚集的阚氏有关系呢?我翻检以前的笔记,阚铎在《阚氏故实》(中华民国十三年,孝谨堂刊行)中记述他祖父阚凤楼时写道:"君姓阚氏,讳凤楼,字仲韩,号六友山人,晚号因是翁,占籍安徽合肥。……咸丰初粤匪寇皖,肥邑地当冲衢,被扰独重。邑人办团练以自卫,负时名者皆为坞主,石塘桥在承平时以富庶称,贼屡掠之,家众流离,君独留以拒贼。"文中提到的石塘桥在《肥东县志》中又名"尸淌桥",位于现石塘镇境内,传说是虞姬自刎后,其尸体沿上游流淌至此,故名。而根据肥东县政府网站《地名考录》"石塘桥条"则说其位于石塘镇内,清乾隆年间以这里有三口大塘和一座石拱桥,改名为石塘桥。肥东县地方志办公室编《肥东地情概览》"石塘桥"条则兼采两说。此两种说法虽异,且尸淌之说意近附会,但《阚氏故实》中提到的石塘桥位于今天肥东县的石塘镇当无疑问。前面提到的阚氏族人聚居地阚集,原为阚集乡,在 90 年代"撤区并乡"之前,与现在的石塘镇都属于原来的石塘区。阚姓也是石塘镇大姓,由此可见阚铎出自肥东石塘桥阚氏无疑。

另据李家孚《合肥诗话》记载，"阚霍初参议铎……官吉长、胶济铁路局局长，交通部参议"，阚铎也曾是中国营造学会早期的重要成员，在中国建筑史及园林研究方面多有建树，可惜后来投靠伪满洲国，站到了人民的对立面，大节有亏。学而无行，惜哉！

2012 年 1 月 28 日

合肥的"混子"

　　皖中地区俗称草鱼和青鱼同为"hùnzi"，鱼贩的账单或者小店的食谱上都写作"混子"。草鱼又被称为"草混子"或"屎饱肚混子"，以其食草之性及腹大之形而名之；青鱼则被称为"青混子"或"螺丝头混子"，因其色青黑而嗜食底栖之螺蚌之故。以前穷人家还有过年吃"混子"的习俗，用其谐音，庆幸"一年又混过去了"——可见以前生活艰难，过年如过关，能安稳"混"过，已经是莫大的福气了。

　　可是我一直不明白，草鱼和青鱼为何与"混"这个字牵扯上关系呢？昨晚无事，闲翻上次去上海培训的时候从复旦旧书店搜购的庆应义塾大学三田史学会编的《史学杂志》，里面有一篇谈论"朝鲜李朝时代的苇鱼"的文章，引用了徐珂《清稗类钞》"今之食鱼生者皆以鲩"句，并注明"鲩（草鱼）"。忽又想起此事，欲查考究竟，了此疑惑。

　　居小城，无甚资料可供查索，唯以所藏之本草及字书试推论之。邵晋涵《尔雅正义》："今鲩鱼其形长身厚，俗谓之草鱼，以其食草也"，可见草鱼古代称为"鲩"。陈藏器《本草拾遗》："鲩（音患）似鲤"，与今天发音相同，而郝懿行《尔雅义疏》鲩条"（郭云）今鳠鱼者。鳠鲩声同。"引用郭璞的结论认为鲩鱼也就是鳠鱼。段玉裁《说文解字注》鱼部"鲩鳠古今字，今人曰鳠子，读如混。户版切旧音也……胡本切今音也，音转而形改为鳠矣"，由段注可以推知古音读类今天之"huàn"音（户版切），后流变为类今之"hùn"音（胡本切），字随音转变，由"鲩"字而转写为"鳠"字。"鳠"今标准读音虽为"huàn"（胡玩切），但是鉴于同族字"浑""荤""珲"现在皆读"hun"（胡衮切），在古音中，"鳠"与"混"估计也是同音读"hùn"（胡衮切），古代韵书中也有一些线索，在《广韵》中"混"与"鳠"皆作"胡本切"，《集韵》中"鲩"，"胡衮切，音混"。李时珍《本草纲目》鲩鱼条："鲩又音混，郭璞作鳠。其性舒缓，故曰鲩、曰鳋，俗名草鱼，因其食草也。"可见鳠（鲩、鳋）本专指草鱼，但是青鱼和草鱼状貌相类，《正字通》说青鱼"鲭，形似鲩，食蛤蚌杂鱼"；《本草纲目》也说草鱼"其形长身圆，肉厚而松，状类青鱼"。因而容易混为一谈。我国古代对动物分类并不严格，也用"鳠""鲩"来泛指中大型的鲤科鱼类，类似草鱼的鲤科鱼类皆可称"鳠"（鲩），比如唐代因为避国姓"李"称呼鲤鱼为赤鳠君；青鱼，则很多地方俗称乌鲩、黑鲩；南方水系有一种鲤科鱼类光倒刺鲃俗称军鱼，或即为鳠的简写。所以基本可以断定，皖中"混子"本字当作"鳠子"（或者"鲩子"），民间因音同而借字，将冷僻且笔画繁复之"鳠"（鲩）讹写为常见之"混"字。

　　李时珍认为鲩(鳠)鱼因其"其性舒缓"而得名或有可商,"舒缓"用以指青鱼则可,用以指草鱼或未必确。渔人有"秀才青鱼""强盗草鱼"之说,盖因青鱼生性谨慎胆怯,行动比较小心迟缓,如文弱秀才。而草鱼生性比较活泼,行动迅捷,抢食行为猛烈,故而有"强盗"之称。我少时居乡间见有鱼塘养殖之草鱼跃起水面尺余咬食沿岸临水植物,动作之迅猛与"舒缓"二字无涉。所以"鳠"字或以"爱"表音而非表意。

2014 年 8 月 1 日

故乡桃花无落处

　　时间真是奇怪的事情，仿佛只是发了一会儿呆，蓦然回头时，十几年时间就过去了，时过境迁，物是人非。忽然想到家乡漫山遍野的桃花，灼灼其华地在春日下绽放，远远望去，仿佛是弥漫着的一片粉色的雾，在记忆中朦朦胧胧又历历在目。我在想今年的桃花大概还和故去的开得一样好，开得烂漫，虽然"人面不知何处去"不过还有"桃花依旧笑春风"吧。

　　在外漂泊了近十年，求学啊，学无所成，谋生啊，穷困潦倒。岁月蹉跎，青春渐老，"华年如水不堪论"。去年暑假回去，见初中学校边当年自己手植的柳树，已经比盘子还粗了，万千条枝条垂下来，仿佛像我万千的纷扰，绿得那么浓，仿佛要滴下来。"木犹如此，人何以堪！"

　　我的中学校园原来是个地主庄园，兼军事堡垒，新中国成立后，曾短暂作为县军事行政机构所在地，后改为"荣誉军人休养院"，后又改为学校，屡经改建，原有老式房屋大都被拆除，建筑格局也完全改变，只有外围壕沟还有遗迹。上初中时学校

清理壕沟，还挖出一枚铜炮，上面刻有字迹，最初的主人是淮
军盛军主将，先后任湖南提督的周盛波、周盛传昆仲所属部队。
周盛传孙女周砥，字道如，是民国总统冯国璋夫人，她的名字
大概来自《诗经》"周道如砥，其直如矢"，显示周家已经从草
莽武夫转变为诗书之家了。校园里散落石狮子、石鼓、石雕建
筑饰件残体。还有一个被称为"小姐楼"的清代建筑风格的小
阁楼残存在荒草间，上学时常去那抓蜗牛玩，据说现在已被维
修一新，作为学校图书馆了。还有树龄几百年的银杏树，应该
是前清的遗物，默然不语，亭亭如盖，见证过周氏家族的兴衰，
见证过周氏兄弟的盛宴，或者还有周家的贵宾和过客，李鸿章
的儿子、年幼的段祺瑞、张树声、刘铭传、卫立煌甚至还有日
本人，也见证过人民政府公审末代庄主，最后将其枪毙的场景。

据说，周氏兄弟之所以有钱修筑此圩子，是因为他们在江
苏打太平军时，得知太平军败退后把抢来的财宝埋在一个庙里，
于是晚上带上子弟兵把和尚全杀了，掘了五百缸财宝，运回家
乡，用这些财富中的一部分盖了这个圩子。后来周盛波的儿媳
妇临盆，周正在午睡，梦中有和尚提着头来要债，周一下惊醒，
外面丫鬟进来报喜说是"恭喜老爷得了一个孙少爷"，周不悦，
呢喃道"哪里是什么'孙少爷'，分明是个讨债鬼上门"。后来
果不其然，产业都被此孙周芷香（外号周二胖子）所败。传说
未必是真的，但因为其中人物生活的空间与我的重叠，让我觉
得自己忽然和历史很近。

现在会讲传说的老人都快老死光了，小孩子们只能听周杰

伦和飞轮海了，我们家乡的历史也在渐渐死去，随着时间推移将没有人知道这块土地上曾经发生过什么，也没人在意。其实我们的故乡不仅在精神上走向死亡，在城市化的大潮下，在"全国百强县"的高歌猛进大发展背景下，我的家乡已经被高楼和小区覆盖，到处是冰冷的混凝土和冰冷的人群。然而优渥的生活似乎并不能慰藉乡愁的落寞，我几个月前回去，觉得这个故乡好陌生，无法把现实和记忆叠合，感到蹩手蹩脚的，仿佛一个小孩到生人家做客，总是想要回家，可是"家"在哪里呢？

2011 年 2 月 26 日

穿过外婆的村庄

很久以前经常有这样一个梦境，泥泞的田间小路引入暗夜中的乡村。乡村的入口是一片浓密的植物，可能是竹子，也可能是树木，总之可以模糊地被称为"林子"。穿过林子和水田边的泥径，出现一座残破的草房子，泥土为墙，茅草覆顶，正门是紧闭的，或是开着的，里面很阴暗，看不清楚，阴暗得像是一个解不开的谜。如果控制不住好奇心而进门一探究竟的话，就会发现，房子里还有一扇后门，但是紧闭着，房子里胡乱地堆放一些家具什物，在地面上有一架平放的木头梯子。我会禁不住在梯子上的横木上走来走去，这时可能有一个头发苍白而凌乱的老太太走过来，她不是别人，就是我已经死去的外婆。她总是很悲苦的样子，悄悄地出现，静静地走过来，似乎要说些什么，又似乎什么也不说。

有时草房子的门是紧闭的，或者我没有推门进去，径自走过门前荒草丛生的小路，会发现在房子的右侧外墙边有一段泥筑的矮墙，矮墙里面的山墙开了一扇小门，里面很阴暗，外婆有时病得很重的样子，躺在床上。屋内很杂乱，里面有一个小小的锅灶，床底下似乎放着棺木。有时外婆会从小门里走出来，追着我似乎要说什么，或者无意识地追。每当这时，我会很害怕，拔腿就跑，外婆就慢慢显出骷髅的模样……

外婆去世大概将近十年了吧，我都快将她忘却了，何止是我，整个世界大概都要将她忘却了吧。唯有故乡田野边的一座孤独的坟茔，每当清明时节一堆草纸的灰烬，证明这一天还有子孙祭奠她。坟头上爬满野草，有时也杂有野花，在春夏时节，烂漫而肆意地开放着。有些蚱蜢、土蝗在其中蹦跳，天气好的时候，这些草虫们在阳光下，振翅飞翔，猎猎作响。

记得大学时的《高级英语》课上学过一篇介绍马克·吐温的文章"Mirror of America"（《美国的镜子》），在文章的最后一段引了马克·吐温口述自传中的一段话：

"They vanish from a world…where they were a mistake and a failure and a foolishness; where they have left no sign that they had existed —— a world which will lament them a day and forget them forever."（他们从世界上消失，在这个世界上他们是错误、失败和愚蠢，在这个世界上他们没有留下任何证明他们曾经存在过的迹象——这个世界将哀悼他们一天，然后永远忘记他们。）

外婆就是这样一个生前饱尝苦难，死后被人遗忘的孤独的灵魂。

从母亲不时的闲谈碎片中，可以大概知道一些外婆的生平：外祖父是个老实人，身体孱弱，平日只做点裁缝手艺，干不了重活，而且去世得比较早，家中大小事务都由外婆操持，在最艰难的——被我们当地老人们称之为"粮食关"——历史上称为"三年困难时期"，外婆养活了她的五个儿女，而当时全村的一百五十八人，后来饿死、流离他乡的超过半数（据说"粮食关"后村中仅仅有活人七十二口）。这样一个坚强而能干的人却在生命的最后几年饱受老年痴呆的摧残，整日衣衫不整、蓬头垢面、语无伦次地在村子中乱走，背后是别人的斥骂和嘲笑，所有的尊严和脾气都扫地无遗。

外婆死后，没有留下什么财产，就像绝大多数农村老人一样，甚至连一张遗像也没有留下。唯独留下的只有两三间土坯房子和一片间杂有各种树木的竹园。竹园在她生病期间就开花死亡大半，仿佛是有某种神秘的感应。她死后，竹林中剩下的树木就被砍伐卖给了木材商。房子也倒了，在房子原来的宅基地上种了新的苗木，现在树木早已郁郁葱葱，看不出一点房基的痕迹。任何一个人路过这里，恐怕也不会想到这里曾有过几间茅庐，茅庐里住过一个落寞的老太太。

2008 年 6 月 16 日

那棵蒲公英

听到一支陶笛音乐《故乡的原风景》，忽然想到故乡的蒲公英了。在皖中地区，无论是在堤岸上还是在庭院中，或是河滩上，或是大路旁，都有它们的身影，坚韧而倔强地生长着。与野草和山花竞争着阳光和雨露，开出金黄色的花朵，在阳光下"灼灼其华"，即使情绪萎靡的人也会因为它们的顽强斗志或者鲜艳色彩而精神一振——这些自然中坚强的生命，野花野草中的精灵们。

听说在东北蒲公英俗称"婆婆丁"，冰天雪地也不能使它畏惧，一到春天，就漫山遍野。以前人们采食它作为粮食不足时候的补充食物，我想东北抗联的士兵吃过它，饥饿的村民吃过它，落魄的土匪也吃过它吧。英文中蒲公英叫 dandelion，从拉丁语的词根来看，就是狮子的牙齿的意思，大概是说它的叶子形状仿佛狮子的牙齿。蒲公英在南国的村落、在北国的原野生长着，在中国的典籍和西方的记忆中生长着。或许刘铭传当年从肥西去上海闯天下时，就曾踏过那棵蒲公英，或许张兆和姐妹从肥西迁居苏州时，抬轿子的轿夫也踏过那棵蒲公英。或许恺撒在说"Veni vidi vici"时目光所及的地方有那棵蒲公英，或许梭罗写"We begin to see a dandelion gone to seed here and there"时窗外小孩子们拿来吹起的也是那棵蒲公英。

蒲公英的花落了，结出绒球一般的絮冠，蓄含着攒在一起沉睡着的种子。每颗种子都有一颗小小的降落伞，风一吹，就带着小小的降落伞，散落天涯了。"十载江湖生白发，华年如水不堪论。"我们这些漂泊异乡多年的游子们，但愿结束漂泊无依的日子，也早日落地生根吧。

2011 年 7 月 11 日

忽然想到妈妈

晚上在办公室待着，莫名地悲伤和无奈，"人生不如意十有八九，可与人言不过二三"，觉得自己总是很挫败。社会学的知识告诉我，个人的失败往往是社会不公平造成，我一直很服膺这样的理论。其实我反躬自省，觉得自己的失败，很大程度上自己要承担责任的。社会已经给了我很多机会，我也获得了很多机会，但是很多时候不正是自己懒散堕落、不思进取导致自己的困境的吗？每当感到无奈和无望的时候，我都会想到我的妈妈。我常常在想，我的妈妈真是我在现实中遇到的唯一具有完美人格的人，也是生活的艺术家，无论在多么艰难的状况下都能从容不迫，举重若轻地把问题化解掉。她那么乐观，以至于没有什么是困难；她那么有耐性，可以完成任何烦冗无趣的事情；她那么有牺牲精神，可以为我付出所有，不计回报。以前我总是觉得奇怪，为什么每次事实都证明，妈妈给我的建议比很多看似更有经验的人给出的建议都正确，后来才知道，因为她真的爱我，真的为我好，而其他人不过敷衍我，或是有自己的目的——爱是最大的智慧，所有的哲学家在她面前都黯然失色。因为我是父母"老来得子"，所以虽然我还年轻，但是妈妈已经年纪大了，精力衰退，就像一首诗写的那样，"母亲老了，扶墙走路，已踏不出脚步声"。但是每当在她身边我就有一种安全感，一种被保护感，仿佛整个世界的烦恼都被她屏蔽掉了。因为有我妈妈的存在，我永远不相信女人是"第二性"。

2012 年 5 月 20 日

乡土情结与淮军精神

　　我是一个有浓厚乡土情结的人，对于生于斯、长于斯的故乡的一草一木都有深沉的情感，对于在这片土地上生活过的先人更是心存敬畏。作为一个地道的肥西人，祖辈世代躬耕于紫蓬山下，对于书中记载的曾经在这块土地上喑哑叱咤的淮军将领们的事迹，早就从父辈、祖辈的闲谈中略有耳闻。自己每每历其遗迹，读其遗文，仿佛感受到那些乡土豪杰们，在风雨如晦、沧海横流的大时代，起于草莽，保卫乡土，进而立功于殊域，扶大厦于将倾，挽狂澜于既倒的英雄气概扑面而来。

　　现在的肥西县辖有旧合肥县的西、南乡之地，咸丰三年（1853）安徽省首府安庆沦于太平军之手，太平军和捻军横扫安徽全境，一时间群盗蜂起，人民流离，生灵涂炭。全省糜烂之际，唯有肥西一隅因为地方豪杰结寨自保，还维持秩序，一时间"相率筑坞堡……百里相望不绝……耕战守御得以相资"。后来在李鸿章的整编下，肥西团练组建成淮军，平定内乱，抵御外辱，成就赫赫功名，辅助"同光中兴"。一时间肥西豪俊

"联翩而起"，在台湾抗日的唐定奎，台湾的近代化之父刘铭传，广西前线抗法的潘鼎新、王孝祺，朝鲜抗日战场上的张树声、刘盛休，中国军事近代化的先行者盛军主将周盛波、周盛传兄弟等都是其中的翘楚。

这些人以武功发迹后却回家乡支持文教，捐钱来整修学校和贡院。在他们捐资创建的肥西书院有刘铭传亲撰对联：

讲武昔连营，五百里，星聚群贤，洗甲天河，共仰肥西人物。

论文今筑馆，二三子，云程奋志，读书山麓，毋忘年少英雄。

很好地展现了肥西的淮军将领们起身行伍，而归于文教的见识。除了资助教育，这些新贵们还资助了很多其他地方事业：救济贫困和设置义庄；修桥补路、挖塘修堤坝；修复庙宇宗祠及古迹等。

肥西的淮军人物早已化为历史的记忆，抛除"阶级斗争""地主阶级的力量代表"这些意识形态层面的问题不谈，他们身上体现的精神对于现在这样一个激烈竞争的时代可能有以下几点启示：

第一，爱拼敢闯的劲头

肥西淮军将领以民团结寨自保起家，除潘鼎新是举人、张树声是廪生外，其他多是"起于草莽"。比如后来位至福建、台湾巡抚，封子爵的刘铭传本是盐枭出生；位至湖南提督的周氏兄弟本是农民。抗日名将、后位至福建陆路提督的唐定奎原是小贩；而抗法名将王孝祺更是挑粪出身。但他们不畏艰险，用自己的勇力和才智，蹈危赴险，死不旋踵，既为国家匡济大难，又为自己赢得赫赫功名。淮军刚到上海，因为服装粗陋，装备低劣，为人所笑，被视为"叫花子"，但他们很快以实际战功说话，"淮军与寇先战于上海，三战皆大捷，声威甚振"，让人刮目相看。曾国藩说淮军有"锐气"，其实就是初生牛犊的"闯"劲。

第二，团结互助的精神

肥西豪杰有一种聚集效应，自古就有"勇而好义"之风。肥西地方自保武装在长期作战中形成了以周公山的张树声兄弟、大潜山的刘铭传家族、紫蓬山的周盛波兄弟为中心的圩堡群，与周围大小圩堡相互呼应，"连屯相望"。其中又有张树声居间调停，左右联络，总能互为援应，自成一体，收守望相助之功，以至于外来各路武装力量都"相戒，勿犯三山"（"三山"指肥西境内作为地方民团根据地的周公山、大潜山、紫蓬山）。使得当时的合肥西乡在四境靡烂、"群盗蜂起"的情况下，保留了一份地方的元气，如《清史稿》所记"其时刘铭传、周盛波、潘鼎新辈皆相继筑堡，联为一气，皖北破碎"，"惟合肥恃民团苦战，得独全"。

第三，开放趋新的心态

淮军到上海后得风气之先，淮军在军事上"创设铁厂、机器局，一切军械，皆仿西洋造，……火器之胜甲于诸军。以此战胜攻取，所向无敌云"。肥西淮军的主要将领都有开放务实的心态，积极学习西方技术和制度以求自强，不故步自封，如两广总督张树声在其奏折中说"(西人)秉性坚毅，不空谈道德性命之学，格物致知，尺寸皆本心得。由格物而制器，由制器而练兵，无事不学，无人不学，角胜争长，率臻绝诣"，主张向西方学习。刘铭传在任台湾巡抚期间，开矿、筑路，推行制度改革，开了台湾现代化的先河。周盛波、周盛传倡议创办的北洋武备学堂教育培养新式军事人才，成为中国军事近代化的摇篮。

第四，回报桑梓的情怀

教育是淮军新贵们最看重的地方。唐定奎多次为庐州府学捐赠资费，合计近一万一千余两库平银，刘铭传带头捐银万两，会同张树声、周盛波、唐定奎等肥西籍淮军将领创建肥西书院，为家乡培育英才。肥西地处丘陵，受季风气候影响，旱涝灾害频发，淮军新贵们虽身在外地，但不忘桑梓，自己或者支持家人积极参与赈灾救荒。翻检志书，张树声、刘铭传、周盛波等都曾捐巨资赈济灾民，周母甚至"将历年储积悉捐赈"。他们还出于儒家"亲亲睦族"的思想而设立宗族义庄，扶困济贫。李鸿章《叶氏重修宗谱序》中说："周君盛传，(皆)能出所赢为义塾、义庄，老有养，幼有教，婚嫁丧祭有助。"周盛波、周盛传之母亲栗氏还曾"置育婴馆、牛痘局，共捐田四千亩"。

总的来说，这些淮军豪杰们做的正是很多世纪以来尽责的士绅阶层应该做的事情：关注地方事件、关照家族利益、关心社会事业等。但在气质和作风上，他们与传统士绅有明显不同。与后者相比，新贵们处世更为灵活，也更富冒险精神，他们喜欢打破常规，不害怕变革和新法；他们更坚毅果断，不论是在战场上厮杀，或是掌管一省或数省的军政事务都能游刃有余，而且在危机面前敢于任事；他们见多识广，比传统士绅的兴趣面更广泛，在"千年未有之大变局"的时代背景下，也更善于学习和采用西方科学技术为强兵富国计；他们喜欢行动，不惮于亲力亲为，没有耐心空谈理论，是勤勉力行的实干家。

2012 年 8 月 22 日

如风的少年

　　我是一个特别矛盾的人，一方面十分感性。总希望自己的朋友都能永远保持友谊和联系，哪怕只是和陌生的人共度一次愉快的旅行，如果相谈甚欢，就总会为以后可能再也不会相见而感到十分遗憾，总希望所有的交往都是永久的交往。可是实际上并不可能，我不过是别人生活中的路人，而自己却入戏太深了。我十分理解《红楼梦》里林黛玉因为不喜欢分离后的惆怅而不愿意聚会的心理，当读到林黛玉说："人有聚就有散，聚时欢喜，到散时岂不清冷？既清冷则伤感，所以不如倒是不聚的好。比如那花开时令人爱慕，谢时则增惆怅，所以倒是不开的好。"似乎也说出了我的心里话。所以我另一方面就显得比较冷漠。明明知道很多人都不过是人生中的过客，一面之缘，逢场作戏，点头之间，风萍异路，既然不是长久的友谊，又何必为了短暂的交集，伪装出几多的热情和矫情的客套，木讷如我总是学不会的。徐志摩的诗《偶然》里面说："你我相逢在黑夜的海上 / 你有你的，我有我的，方向 / 你记得也好，最好你

忘掉 / 在这交会时互放的光亮！"然而我却不能如此豁达，没有"相忘于江湖"的潇洒超脱，还是非常情绪化地希望持久的情谊，或者就不用开始吧。这个从中学的哲学上说，大概就要被批判的所谓"形而上学"，静止、孤立、机械地看问题，不能顺应变化不居的世界。然而人的心理却难以以哲学的是非为标准，也难以随着情景的变化而转移，却都有其源头的吧？

我在很小的时候就总是幻想周围的人都不要变老或者长大，一切都维持现状，日子就这样周而复始地安稳过下去，不愿意看到老者因为死亡而离去。明明音容笑貌犹在，却忽然就在村子里缺位了，让我十分怅惘和恐惧，也害怕自己长大。因为不知道长大会是什么样子，总感觉长大后，取得好成绩或者做了好事就不会有老师和大人的表扬了，人生的意义似乎就没有了。我记得当时在家里旧书上看到一个庄子讲丽之姬的故事："丽之姬，艾封人之子也。晋国之始得之也，涕泣沾襟。及其于王所，与王同匡床，食刍豢，而后悔其泣也。"意思是说，有个女子要入宫，刚开始时候，哭哭啼啼，十分害怕，可是到了宫中吃香的喝辣的，十分快活，就觉得入宫前的哭哭啼啼太可笑了。这个故事庄子是用来消解人们对死亡的恐惧的，其实本质上反映了人们对未知的恐惧。未知之所以可怕就是因为它的不确定，人们对没有经历过的、无从把握的不确定性有一种本能的恐惧，就好比我对长大的恐惧一样。

然而对长大的恐惧和对童年时光的不舍，也说明我小时候其实过得还不坏，至少精神上还是十分健康，甚至富足的。做儿童心理学的人总是说"美好的童年能治愈你的一生",确实是这样的。我从童年走出来以后,大多数时间其实总是不大快乐的——可见我对长大的恐惧也是有预见性的——然而美好的童年记忆总会或多或少给我一些安慰。小时候并没有玩具和其他开阔视野的资源,但是我可以随时亲近大自然。春天可以看漫山遍野的花朵,不是在电视或者书本上,而是走在野花如锦的荒野上,偶尔会拔出茅草没开花的细长的花蕾,洁白如雪,细长如蚯蚓,可以吃,淡淡的甜味,口感绵软。还有蔷薇类的嫩枝,刺皮剥掉后,粗细有小拇指或者铅笔大小,直接吃,鲜嫩爽脆,十分甘美。夏天最有趣了,可以钓鱼、钓虾。那时候小龙虾泛滥成灾,河塘沟坝,到处都是,一到下雨,就会有产仔的母虾子爬到路上,遇到人也不畏惧,而是张开血红的大夹子,向人示威,大有螳臂当车的架势。捡起来一看,尾部附着一个乒乓球大小的东西,全是密密麻麻的小仔虾,小龙虾因随处可见而显得不精贵,只吃尾部挤出来的那点虾仁,其他部分都是喂鸭子的。最有意思的是摸鱼,就是跳到河塘里面,用脚在水底踩,河底有很多死去的河蚌的巨大壳子,鱼儿喜欢躲在里面乘凉。抓得最多的是鲫鱼和黄颡鱼,用茅草按照从大到小一一穿了鳃,串在一起,提着回家就是美味了。夏天的蔷薇花和栀子花也是很好的,我记得家门前是一片冬青树,树上攀满了蔷薇,成了一堵花墙,小伙伴们就把蔷薇花花瓣捋下来,放在袋子里,像打雪仗一样,互相撒花玩儿。那时候的夏夜也不像现在这么热,晚上可以借着月光捆泥鳅、打蛤蟆。没有月光的夜晚是萤火虫的天下，星星点点，无处不在，如梦如幻。这样的场景因为环境污染特别是杀虫剂的使用，现在早已看不见了。我最喜欢秋天，特别是秋天的风。可以到岗岭沟壑里面找熟透的山里红果子吃，似山楂而小，且外面光滑，酸甜适度，软糯可口，就是核太大了。而我最喜欢在收割过的稻田里奔跑，迎着那从遥远的北方刮过来的风，田野里一片空旷，后面是家园，前面是千百万年就有的河流山冈，稻茬在脚边簌簌作响。年少的我张开小小的臂膀，在空无一人的原野上，迎风奋力往前奔跑，像一只鸟那样自由，充满自然的力量。偶尔惊起躲在田角的野鹌鹑，扑啦啦地转眼飞走不见踪影，而我毫不在意。跑啊跑啊，越过原野，越过河滩，爬上了高岗，看远处的村落，暮霭中视野模糊，而袅袅升起的炊烟是召唤我回家的号角。我多想永远做一个那样的如风少年，自由、快乐、眼神清澈、心存幻想。

可是时光总不能因为我们留恋而停止岁月的马车，"子在川上曰：'逝者如斯夫'"——时光流走就像孩子会长大，少年要成熟。可是村庄在废弃，河流变干涸，田野多荒芜，在工业文明面前留不下一点点田园牧歌的乡愁。岁月留给我的也不是智慧而是惶惑，那些曾经清澈的眼神变得浑浊，那些机敏和欢乐变成了沉重与麻木，那些曾经为了一张精美的糖纸而雀跃一整天的单纯早已被世俗的浮躁和功利掩埋。我知道不应该以情怀作为反对社会进步的理由，只是希望在油腻的肉身下还保留一些那个如风少年的影子，在不完美的世界里可以有希望，在冷漠的世态里也有善意，在每一个起风的日子里都可以飞翔。

2020 年 7 月 4 日

白日梦三则

夜　宴

有些事情或许你不相信，但它就是发生了，你要问为什么，我只能告诉你这是一个传奇。不管你信不信，我反正是信了。

我住的地方是一座破敝的二层小楼，本来是作为领导们偶尔休息的地方，但是领导们几乎从来没去住过，整个楼就只有我一个人住。其他的房间年久失修，窗户的玻璃大多残破了，远远望去，像一张张惊恐的嘴巴。很多房间的门都没有上锁，若开若闭地虚掩着。有时候我路过其他的房间，瞥一眼，里面一片狼藉，地上的灰尘大概有半寸厚。然而我是喜欢安静的，因为，一到晚上，万籁无声，正好可以一个人撇下俗世纷扰，沉浸在玄想中，《圣经》上讲"清心者必得见神"，所以并不觉得孤单，反而颇为自得其乐。

然而再爱安静的人有时候也会感到孤寂，这时候，就会希望有人来拜访，或者去拜访别人。然而天黑道窄，夜深露重，再加上，我在这附近并无熟人，自然不可能有人来访了。然而有时也不一定，夜色渐渐压下来，最后一只归巢的鸟从窗前掠过，我打开灯，打开一本诗集，随手翻到一首诗"我在窗前等待，等待夜幕降临，等待百合花开，等待你的到来。"忽然很有感慨，想到了点什么，这时候，有人敲门打断了我的思路。我打开门，见一个老人家，头发都白了，有短短的、修理过的整整齐齐的胡子，也是白的，然而精神矍铄，并不显出老态，很像老年时期的海明威。他见我一脸茫然，就微微一笑，说："小伙子，最近新搬来的？"我说："是呀，您老是？"老者说："我就住附近，一个老头子在家，晚上没事，看到你这里灯还亮着，就过来转转。"我赶忙说："那，欢迎，欢迎，快进来坐坐。"

老者慢慢踱进我的房间，在一个凳子上坐定。很奇怪，这个老人身上有股淡雅的香气，味道虽不重，但竟萦绕满室。他抬眼望着我说：

"你哪儿人呀？"

"我肥西的。"

"肥西？那不远呀，你们肥西的县城不是上派吗，那儿有条派河。"

"是的。"

"以前在哪工作？"

"刚从学校毕业。"

"在学校学的什么专业？"

"语言学方面。"

"既然是大学生应该很有学问吧，我喜欢读书人。你学的是语言学，那么我考考你，看看你有没有学问——我问你，你们肥西上派的'派'字是什么意思？"

我觉得这个老人太奇怪了，我和他又不熟悉，大半夜的，来考我，问那样迂腐的问题，和孔乙己差不多，真是有点不近情理。但是人家一大把年纪，只能尊重长者。我谦恭地说："这个恰巧我还听说过，我且说说，你看对不对。《说文解字》上讲'派，支水也'，就是支流的意思，比如毛主席的诗词'茫茫九派流中国'。所以'派河'就是支流之水的意思，大概是南淝河的支流？也未可知。上派镇位于派河上流，故曰'上派'，以前还有地名"中派""下派"，也正是这个道理。"

"呵呵，看来你还是爱看书的小伙子。晚上一个人在这不着急吗？"

"还行，有时看看书。"

"我请你喝盅酒，以消长夜，能饮一杯否？"

"我不会喝酒的，不过勉强喝一杯也可以，只是附近荒索，好像也没有见到卖酒的商店，我这里又没有备酒。"

"这个无妨，我自有好酒，在路上。"

正说话间，听到有人敲门，我正打算开门，老者制止了我，也不知道何时从腰中抽出一把短剑，打开门，见到一个古代书生模样的人站在门外，我还以为是有人玩 Cospaly（角色扮演）。只见老者用短剑一下子击倒来人，那人不及叫喊，瘫倒在地，转眼化为一坛酒，老者哈哈大笑。我惊讶得目瞪口呆，老者说："小伙子，你如此博雅，不会不知道'麴秀才'吧？"

"我是看书上说过，明人冯时化在其《酒史》一书上讲：'世称酒曰麴生，亦曰麴秀才。'考其来源是唐人郑棨《开天传信记》，此书上曾记载，一瓶酒变成了人，夜间进入人家宴席，自称'麴秀才'，后来现出原形，被人饮用。后来遂以'麴秀才'作为酒的代称——没想到世间真有此物，算是长了见识了。"

"好吧，你既然知道，我就不多说了——我们喝酒。"

"可是没有下酒的菜。"

"古人有《汉书》下酒的典故，我们以清谈经史下酒，以清风明月作陪，岂不是雅致？也有古代先贤的余韵。那些鸡鸭鱼肉，到腹中都化为秽物，怎么可以下得我这好酒？我这酒喝了轻身健体，明目养脑，但是有个别致的吃法：每饮一杯需要引一个酒的典故或是诗文，否则就不但见不了功效，还要变为毒药，会烂掉五脏，所以非大智大勇的人不能喝——你可敢喝？"

老者说到兴头上了，自干三杯，说道："'三杯渐觉纷华远，一斗都浇块垒平'，我先干三杯，以酒为兵，攻伐心中衰暮之气，此正养生之妙法，你也干三杯，保管俗世烦扰，顿时化为乌有。"

我有些尴尬，又不好意思回绝，轻轻抿一口说："既然仙翁讲以酒浇灭胸中块垒，我就引'纵横诗笔见高情，何物能浇块垒平。老阮不狂谁会得，出门一笑大江横'。"这酒口感清冽，我也不怕，我也饮了三杯。

"好一个'出门一笑大江横'，年轻人就要有这种气魄。

Boy, be ambitious! 我引一句'豪竹哀丝助剧饮，如钜野受黄河倾。平时一滴不入口，意气顿使千人惊'。"老者变得很兴奋，英文都用上了。

我又饮一杯，微微有些醉意："'长安市上酒家眠，天子呼来不上船，自称臣是酒中仙'，平日'摧眉折腰事权贵，使我不得开心颜'。今日与仙翁一醉方休，'忍把浮名换了浅斟低唱'。"

谈笑间，雄鸡三声，不觉东方已白，老者说今天就如此了，明晚，我带一位奇客与你相见，只是今晚的事情不要随便与外人提起。

正对着我的窗户是几株高大的广玉兰树，在有月色的夜晚，月光照在光洁的叶子上，看上去倒是有几分婀娜的姿态，而在没有月光的时候，黝黑的树影，又像是一个张牙舞爪的大怪兽。清晨起来时，推开窗户，看到带着露珠的坚挺的树叶，让人倍感朝气。伴着各种鸟儿的欢快的或者杂乱的叫声，真有"景昃鸣禽集，水木湛清华"的意境。

2011 年 9 月 25 日

荼蘼传说

【荼蘼】拉丁学名 Rosa rubus。落叶小灌木、攀缘茎，茎上有钩状的刺。羽状复叶，小叶椭圆形，花白色，有香气。供观赏。

离住处不远有一个缓缓的山坡，从窗户就能看到满眼的荼蘼树林，在微风中枝叶招展，像是女子轻轻扬起的裙裾。据说这片荼蘼树林中有一位"荼蘼仙子"，每当夕阳西沉，天色未暝的时候就会在树林周围出现。她很少言语，却能攫走青年人的精魂，听说附近有一些在傍晚时分路过那片树林的青年男子，回家后就语无伦次，精神失常了——大概是被窃取了精魂。我想那"荼蘼仙子"必定是个妖精无疑了，对那片举步能及的荼蘼树林，只是远远望着，不敢走近。每当夕阳西下，夜幕还未降临的时候，我就会忍不住好奇地对那片神秘而又诡异的树林张望。

下班回到宿舍，百无聊赖。人在寂寞无聊的时候，最容易受到诱惑，往往明知无益，却总是禁不住窥探秘境的欲望，像是远航中的水手听到了塞壬的歌声。

我竟然怀着好奇，甚至是期待的心情，出门向那片弥漫着神秘的林子走去，可能是为了与那个花之精灵邂逅，或者仅仅是一种莫可名状的下意识选择，至于危险早被一时间的冲动驱走了。

我在林下徘徊，看到远处山脊上的残阳如血，有一两只归鸟偶尔嗖的一声掠过，然后就是空旷的寂静，我感到一种巨大的孤单，甚至还有一丝微微的恐惧。大脑中盘旋着一些奇怪的想法：那个荼蘼花的妖精是个什么样子？是形象狰狞，还是面容姣好？是清纯可爱，还是风情万种？是像《西游记》中的杏仙谈诗唱曲般的风雅，还是像《聊斋》中的画皮食肉吮血般的凶恶？

正在胡思乱想间，我抬头看到从树林中走出一个女子，远远望去，就觉得她姿容可爱，衣裙洁白，走得近了，有一股淡淡的香味袭来，让人心旌摇荡，不能自已，全身充满了一种奇异而温暖的感觉——我想大概她就是传说中荼蘼树林中的妖物吧。

我想既然遇见，也没什么可畏的，就上前直接问她："你是这荼蘼树林中的精灵吗？"

她一脸怯怯的样子，不像是一个妖怪，倒像是一个迷路的小姑娘："是的，我本来就是这林中一株普通的荼蘼花，只因在月夜，偶然有月中桂树上的甘露落入花蕊中，因而感了灵气，化而为人。因为草木之气尚未化尽，所以只有在傍晚时间，阴阳之气相交接的时候，才能出现，其他时间还是只能作为一株平常的荼蘼，静静地在林中守候时光而已。"

我说："荼蘼花是花中的美丽者——正如你一样，美丽而芬芳。宋人陶秀实《清异录》上说，'荼蘼曰白蔓郎，以开白花也'。不正是说你白色的裙裾吗？清代褚人获《坚瓠续集》有《酴醾露》一篇，说荼蘼花露'琼瑶晶莹，芬芳袭人，若甘露焉，夷女以泽体发腻香，经月不灭'。不正是你的芬芳吗？你虽然从山林中来，但既然已经成了人形，你我就没有人与草木的隔阂了，我看你谈吐不俗，我就住在附近，若能做个友邻，也是一件幸运的事。"

她说："那自然是好的。林中寂寞，我只是风餐露宿，久不曾与人交谈，不免有时孤寂，心恨自己化而为人，还不如做花木时没有感觉，也就没有孤苦寂寞。真有'嫦娥应悔偷灵药，碧海青天夜夜心'的感叹。"

我说："荼蘼花是一种寂寞的花儿，所谓'荼蘼不争春，寂寞开最晚'，大概就是这个意思吧？"

她说："荼蘼不仅是寂寞的花，也是伤感的花，它是春天最后开花的植物，'开到荼蘼花事了'，荼蘼花一开，整个开花的季节也结束了，'一年春事到荼蘼'，荼蘼花一开也意味着整个春天的结束，千红万艳，繁华摇落，零落成泥碾作尘。所以荼蘼花开表示女子的青春已成过去，或是感情到了尽头。爱到荼蘼，意蕴生命中最灿烂、最繁华或最刻骨铭心的爱即将失去。"

我说："'开到荼蘼花事了，尘烟过，知多少？'在长长的一生中，为什么欢乐总是乍现就凋落，走得最急的都是最美的时光？"

我忽然想到一首诗：

其实　我盼望的
也不过就只是那一瞬
我从没要求过　你给我
你的一生

如果能在开满了荼蘼花[①]的山坡上

与你相遇 如果能

深深地爱过一次再别离

那么 再长久的一生

不也就只是 就只是

回首时

那短短的一瞬[②]

晚风从暮色下的山头吹来，挟带着似有似无、若浓若淡的花香，那花香渐渐在四周弥漫开来，周围的一切都蒙上了一层奇异的光彩，仿佛一切都似曾相识，又仿佛一切都未曾见过，让人惶惑而又莫名地欣喜。那花香像细菌一样无孔不入，你可以感到那无形的香味慢慢沁入全身，让人心旌摇荡，意乱神迷，仿佛饮了醇酒，如痴如醉。对面的荼蘼仙子的面貌也渐渐变化，不知何时竟然显出我初恋女友的样子，虽然十年不见，还是温婉如昨，凝眸相望，默默不语，我心中涌出万千情愫，一时却一句话也没说出口。

正可以一首《眼儿媚》为证：

十年江湖音信无，道远不同途。年华如水，青春易逝，此情难除。

---

① 原诗为"栀子花"。

② 席慕蓉《盼望》，收入诗集《无怨的青春》。

碧草连天五月里，谁料与君遇？如梦如幻，千言万誓，历历如昨。

然而她轻移步履转身向丛林深处走去，我仿佛被巨大磁石吸引的铁屑，又像是狂风卷挟的柳絮，不由自主，怀着依念和渴望尾随而去。然而我知道这是迷人的妖术，虚幻而且危险。心中走向丛林的冲动掀起一阵阵的狂涛巨澜，不断冲击我意志力的堤防，随时要冲决而去。这种欲望与意志的对抗，起初像是一场千军万马的混战，刀兵相接、你来我往，经过几个回合的往来攻杀，最后像是一场核爆，一刹那的雷霆万钧，狂风巨浪，然后一切归于平静。她的身影渐渐没入丛林深处，不见了踪迹，我内心的争斗也平息了，转身回宿舍去了。

在中国的文化中，有道德力量的人是不惧怕鬼的，《黄帝内经·素问·刺法论》中讲"正气存内，邪不可干"，就是这个道理。唐太宗病重，听到屋外有鬼魅鸣叫，夜夜不安，于是就让秦琼和尉迟恭守卫宫门，当夜就安然无事了，可见鬼魅尚惧怕活人。山川草泽之中精怪甚多，未必遇到人就加害，据说人头上本有三尺灵光，鬼怪不敢靠近，但是人要是做不道德的事情，灵光就会亏损，失去了灵光的护卫，邪物就能加害，此说或有深意存焉。

2012 年 5 月 21 日

Coryda

2008 年我住在秦岭余脉的一处山麓下。山塬连绵，人烟稀少，七月的原野，植物繁茂，屋子的外面是弥望无际的花椒树和高过人头的苞谷地。每天吃过晚饭我就在野外迷宫般的小径上游走，偶尔惊起藏身草间的野鸡和不知名的鸟雀。直到星斗满天，寻着道路回来，点上蜡烛，读闲书，幻想很多不着边际的事，黄土高原的风呼啦啦地从屋上刮过。周围几十里是黑色的岭，像兽脊，黑色的塬如巨象，黑色的树木在风中摇曳，像阴森的鬼怪，又像妖娆的狐媚。

有一天晚上我信步走得太远了，以至于天黑了也找不到归路。正在焦躁的时候我看到前面有明亮的灯光，走近发现是一爿杂货店，只有在暗夜的荒野中长时间摸索过的人，才知道发现光明和同类时一刹那的欣喜。杂货店里面有一对母女（从年龄看，我主观猜测她们是母女），母亲热情地招呼，而那个小姑娘坐在屋角的矮凳子上，昂头看放在陈旧的落地柜上的电视，聚精会神、旁若无人。大概这个地方很少有外地人来吧，当她听到我说普通话时，忽然好奇地转过头，一脸调皮地问我："你是从哪儿来的？"我就跟她说我哪儿来的，以及为何来这儿的原因。她说："你是学英语的啊，我也是学外语的，不过学的是俄语。"然后我们聊了很多文青之间的话题。她妈妈（也就是那个中年妇女）只是在旁边慈爱地笑着，也不说话，不知什么时候端出一种点心让我们吃，味道怪怪的，像核桃，又带有青蒿的香味。我也没在意，也不知道聊了多长时间。后来我说不早了，要回去了，可是不认识路。那个小姑娘说："你从门前这条小路走二百米就会到大路，一直走就到啦，不过还是比较远，还是骑自行车吧。"于是她带我到外面推了一辆破旧的自行车给我。我道了谢，照她的指引，果然很快上了大路，回到宿舍。

第二天晚上下班时，我忽然想起来，昨晚借的自行车还没还回去，却发现自行车不见了，只是在昨晚停自行车的地方发现几根散乱的草秸。我在单位和住处里外都找遍了，也没找到自行车，零几年的时候丢自行车很常见，我也没有太在意，想来大概自行车是被偷了。只是为一时的粗心而自责，觉得人家好意借我自行车，我却把它弄丢了，真太不好意思了，于是凭着自己记忆想找到那对母女道个歉或者赔她们自行车。

因为大路边的小径太多了，而且入口都很相似，无法分辨，直到天黑我都没找到上次回来的那段路。正在我打算放弃，打道回府的时候，抬眼看到前面的一个路口不远处有一盏熟悉的灯光，在周边黑暗衬托下十分明显。我径自走过去，果然还是那家小店，母女两个都在，还是和上次一样穿着紫色的衣裳，笑着看我进来。我说："昨晚我骑回去的自行车不见了，真不好意思，多少钱，我赔。"那个小姑娘，故作娇嗔道："你赔？你赔不起！"转而用手指着屋角笑着说："哈哈，你看，不在那儿吗？"我愕然。她说："我家和你们单位人很熟，大概镇上的人知道是我家车子，顺便带过来了吧。"我当时觉得，西北老陕，民风淳厚啊！后来我常常晚上去小店和她聊天，知道她在西安石油大学上学，二外学法语的，于是我有时邀请她玩儿时都用法语，戏谑地说是因为孔圣人曾曰："法语之言，能无从乎？"①她有个英文名字 Coryda（俄文名字什么卡娅，太长了我竟然记不得了），中文名字叫秦瑾，我还要了她的 QQ 号。因为当时所在的西北小镇十分落后，整个镇上也没有网络，很长时间以后我有次去县城，顺便在网吧加了她 QQ，记得网名叫"断肠草"，不过因为很少上网，没和她网聊过，那时候智能手机还不像现在这么普及。

总之吧，在西北大山里有一两个人可以在无聊的长夜里和你聊天，是十分难得而美好的。不过美好的时光总是短暂的，大概两个月后，她说他们学校和乌克兰有个油气合作项目，她要去做俄语翻译，短期不回来了，还送了我一本俄汉双语莱蒙托夫的诗集（戈宝权翻译），可惜这本书后来搬家时丢了，只记得其中一首诗《帆》的前两句："蔚蓝的海面雾霭茫茫，孤独的帆闪着白光！它到遥远的异乡寻找什么？它把什么抛在故乡？"——自此后我再也没去过那家小店。

支教结束，我要去北京上学了，我想和那位妈妈道个别，可是怎么也找不到那家店，单位的人也说方圆几十里都没听说有这家小店，给她 QQ 留言也没回——我想她大概在国外还

---

① 语出《论语·子罕》，子曰："法语之言，能无从乎？改之为贵。……"本意是"别人用规则正言来告诫我，能不服从吗？"此处用字面意思。

没回来。后来听到传说，大地震后，山河扰动，秦岭地气外泄，很多山精树怪，都不能自安，纷纷避地民间，出现许多怪异现象，后来到了入秋时节，地气复合，才渐渐平息。我忽有所想，去国家图书馆查《中国植物志》：陕西紫堇，俗称断肠草，拉丁语名 Croydalis shensiana Liden，原产于秦岭地区，被子植物门，双子叶植物种，罂粟目，罂粟科，紫堇属。

我似乎明白了点什么。

2015 年 11 月 7 日

后　记

　　2011年夏，我因为种种原因未能继续求学，拿到硕士学位后就回安徽工作了。可以有较多时间陪伴父母，也是让人欢喜的事情。不过有时回想赴京求学时"遍交海内知名士，去访京师有道人"的初衷，不免也有"独怜京国人南窜，不似湘江水北流"的落寞甚至仓惶的心态。头几年我在离老家一百里之外一个有着古老历史的小镇工作，成了地道的"小镇青年"。我自小生活在农村，到小镇已经是一种"跃升"。只是当时求学之心未泯，而平日工作任务繁杂，又苦于图书资料不易得，使得以前的那种就某一个主题集中搜集相关书籍来比照阅读的爱好变得不太容易满足，觉得有点迷茫失落。

　　由于城市化的原因，小镇上的人很多都去了县城或者省城买了房子或者找了工作，常住当地的大多是些老人。除了每隔三五天"逢大集"时有点热闹的气象，平日里即使是人口最集聚的集镇上也看不到多少人。晚上一过七八点，街巷就没有灯光，更别说四周的乡村——小镇的没落是如此的彻底，以至于让人无法想象它曾经拥有过的千年繁华。我晚上稍得闲暇的时候，为排遣无聊，就在网上胡乱写些文章，看网友的评论，回复评论，甚至在评论区长篇大论地辩论。这成了孤寂、枯燥的生活中一份最大的安慰，也是保持自己与外部世界精神联系，不至于被巨大的荒芜感彻底吞没的唯一途径。写得多了，看到的人也就渐渐多了。有次我读研究生时的导师钱婉约老师在当时的人人网上看了我写的文字后给我留言说，写的虽然不是严谨的学术文章，但是离开学校后还能纯粹为兴趣而笔耕不辍也是难得，有些见解也有可取之处。并反馈说有些师弟师妹也觉得看了受益，于是建议我整理出来结集出版，说或许会有人喜欢看，即使没有，于自己也是一份纪念。我听了，觉得是一份很大的鼓励。那应该是2011年底的事了。

我答应下来，先整理一个稿本，出版与否是其次，就算是对一段青春时光的纪念，也是有意义的。但是一方面因为我本性的拖延和怠惰，另一方面我发现把一篇随手写的文章修改得严谨（至少不能有违背事实和表述上的明显错误）顺畅，其实是十分辛苦的，工作量似不亚于重写一篇文章，所以时断时续，久久未能完成。当时的网络环境和文化风气与现在有较大的不同，而我那时刚从学校出来，在一个半封闭的环境中写的文字，不免有太多的少不更事的激烈情绪和不合时宜的狂妄表达，现在来看不免脸红心惴，颇有"悔其少作"之感。所以一直拖延到现在已逾十年，期间又陆陆续续写了一些文字，发在公众号和知乎上，有些文章还受到大量网友的点赞、转发和评论，但也只是作为一种文字的游戏罢了，不敢有灾梨祸枣之想。

前年冬季动小手术，在家休养期间，闲翻《顾亭林诗文集》，读至《与陆桴亭札》"及乎年齿渐大，闻见益增，始知后海先河，为山覆篑，而炳烛之光，桑榆之效，亦已晚矣"一段颇为伤感，可谓"于我心有戚戚焉"。大概人在生病时都会格外敏感，于是回想十余年来的辗转红尘、意气消磨，年将老大，一事无成，而当年志于专治乙部之学，欲执董狐、班、马之笔的年少意气"则有如方丈蓬莱，渺不可即"。只有之前这些在网上议论经史、搜撰异闻的青涩文字成为留下的模糊印记，或许将之择选性地出版就成了让那份求学之诚免于彻底湮灭的最好途径，于是不顾浅陋而决意要将这本集子付梓。《礼记·学记》上讲"三王之祭川也，皆先河而后海，或源也，或委也，此之谓务本！"我求学时不听钱老师教导，不知讨源自远，积渐成学之道，而以搜奇抉怪，自炫于人为高，终至无成，而今悔之不及。书名定为《后海先河》既是对自己之前的学无次序、不重根本的浮躁和虚妄的一种反省，也是为后来之求学者戒。但愿河流虽有曲折，最终还是流入海洋吧，"青山遮不住，毕竟东流去"。

2022 年 7 月 28 日